Patrick Mosconi

Le chant
de la mort

Pour une douleur apache

Édition revue par l'auteur

Gallimard

À Alice et Guy, les visiteurs du soir...

« Tout demeure, comme pour
se moquer du tout, qui a disparu. »

ANTONIO PORCHIA,
Voix abandonnées

« Du cœur imprégné de sang
De l'homme ont poussé ces branches
De la nuit et du jour, où pend
La lune aux couleurs criardes.
Quel est le sens de tout chant ?
"Que toutes choses s'effacent !" »

W. B. YEATS,
Vacillation

AVANT-PROPOS

Apache vient du zuni *apachu*, qui signifie « ennemi ». Les Apaches se désignent sous le mot *tinnech*, que l'on peut traduire par « Peuple » ou « Homme ». Six grands groupes appartiennent à cette nation : les Chiricahuas (ou peuple *N'de*), les White Mountains, les Mescaleros, les Jicarillas, les Lipans et les Mohaves.

Les Chiricahuas, sous-groupe de la « nation apache », réunissaient quatre tribus : les Chokonens (ou Peuple-du-Soleil-Levant), les Chihennes (Peuple-peint-en-Rouge), les Nednis (Peuple-Ennemi) et les Bedonkohes (Peuple-qui-marche-devant). On les appelait aussi les Apaches du Sud. Ces tribus se divisaient elles-mêmes en bandes autonomes qui, souvent, se retrouvaient pour les cérémonies, les fêtes et les raids de guerre. Depuis le XVIe siècle, les Apaches, et plus particulièrement les Chiricahuas, n'ont cessé de résister à la colonisation ; espagnole d'abord, mexicaine et américaine ensuite.

Le chant de la mort évoque la fin de ces combats, perdus d'avance, et l'agonie d'un monde.

J'aime raconter des histoires, surtout quand elles s'inscrivent dans le mouvement de l'Histoire. Je ne suis pas historien, encore moins spécialiste des questions indiennes, mais mon goût et mon plaisir me portent à m'intéresser aux gens de caractère comme pouvaient l'être Cochise, Mangas Coloradas, Victorio, Geronimo ou Louise Michel, Zapata, Durruti, Makhno, Debord et d'autres encore. Le destin des Chiricahuas, peuple qui s'est battu au-delà du désespoir et de l'inéluctable, me semble exemplaire car il préfigure ce qui se passe depuis la fin de la Seconde Guerre mondiale : la victoire planétaire de la marchandise qui transforme la pauvreté en misère, réduit les cultures à des folklores et la vie à son image. Cochise, les siens et leurs ennemis sont d'une redoutable actualité.

Ce livre est sans doute subjectif, un regard du cœur qui à peine déforme ; les faits parlent. Je n'aime pas danser avec les loups hollywoodiens ou avec les gardiens de la mauvaise conscience ; ma passion n'est pas aveugle et la plupart des faits relatés viennent de la réalité – j'ai pillé assez de livres, de thèses et d'études, aux propos souvent contradictoires, pour donner à ce « roman » une base véridique. Pour tenter de saisir quelques bribes de l'esprit des montagnes et des déserts, j'ai également sillonné le territoire des Chiricahuas. *Le chant de la mort* doit se lire comme une histoire que l'on raconte le soir quand les amis sont sincères et que le vin est bon. J'ai voulu donner à cette *romance apache* le style de la conversation d'un amoureux de l'Ouest sauvage qui se souvient que l'époque était épique et que certains individus pouvaient l'être encore.

Précision :

Ce roman, publié au tout début de l'année 1995 sous le titre de *Douleur apache*, dans la collection « Nuage rouge » aux Éditions du Rocher, a été endommagé par une regrettable erreur de composition (inversion d'épreuves) ; voilà pourquoi je suis très heureux de présenter, pour cette édition, un texte corrigé et augmenté d'impressions issues d'autres errances en Apacheria.

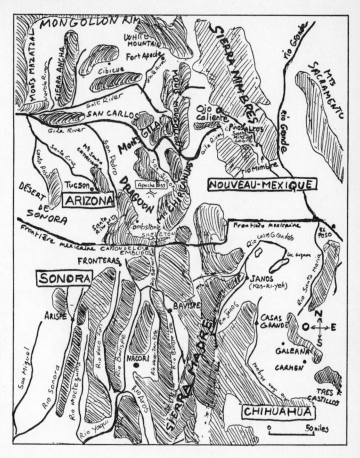

Carte de l'Apacheria

Un ciel sombre et menaçant. Un cavalier ivre, un Apache exilé en Oklahoma. Il se souvient de l'Apacheria et du regard de sa mère quand elle lui racontait le soleil et le ciel, la lune et les étoiles, les nuages et les orages... Il se souvient du cañon No-Doyohn près de la source de la Gila, l'endroit où il est né. Il ferme les yeux et imagine la ligne déchirée de la Montagne Bleue, elle se découpe dans l'aube naissante là-bas, bien avant les monts Burro..., et, plus à l'Est[1], les monts Mimbres tissés de pins Ponderosa, de sycomores et de chênes, et encore loin derrière les neiges éternelles des Mogollon. Le cavalier se fait aigle, prend de l'altitude, pour suivre la piste du soleil, il passe

1. Chez les Apaches, lors de certains déplacements — raids, chasses, cérémonies... —, les objets et les lieux prennent un nom sacré. Cette dimension « magique » pourra être traduite par l'utilisation de majuscules à ces moments particuliers.

entre les Dos Cabezas, contourne Dzil-Nchaa-Si-An[1], plonge à l'Ouest caresser les Montagnes Blanches, revient glisser vers le Sud au-dessus d'une multitude de saguaros en fleur et de roches, des massifs de sauge et du sable, des buissons de mesquite du désert de Sonora. Loin à l'Est, les monts Chiricahuas l'appellent, trop de soldats le cherchent, il continue vers le Sud pour se perdre dans la Sierra Madre, suit la vallée du San Bernardino, se repose au fond du cañon de Naco-Zari avant de reprendre son vol, et monte, monte jusqu'aux sources du rio Yaqui...

Le cavalier va mourir dans quelques jours et Daklugie, Celui-qui-est-sorti-de-force, ne lui lâchera pas la main, et le soleil d'hiver ne tardera pas à se lever sur les plaines d'Oklahoma et la nuit sera noire en Apacheria. Dans quelques jours.

Sur le sentier qui longe la rivière aux eaux boueuses, la silhouette du cavalier progresse dans la lumière laiteuse du couchant. En amont, d'épais nuages gris défilent au ralenti. Une froide journée de février.

Un mulot claudique, l'antérieur droit ensanglanté, hésite sur le chemin à prendre. Ses pu-

---

1. Dzil-Nchaa-Si-An, qu'on peut traduire par Grande-Montagne-Assise, est connue par les Américains sous le nom de mont Graham.

pilles dilatées disent la panique ; sans doute vient-il d'échapper à un renard ou peut-être à un épervier. Le mulot s'engage sur le sentier, s'arrête, lèche sa patte blessée. Un épais serpent pâle, surgi d'un fourré d'épineux, fond sur lui. Il n'y a pas de combat, seulement un petit couinement. Le mulot sent monter le venin dans ses veines. Déjà, la paralysie gagne, atténue les tremblements du vaincu, puis vient la mort, le crotale commence son festin.

Le cavalier est un vieil homme, un large bandeau bleu nuit retient ses cheveux blancs et la fièvre adoucit son visage strié de rides. Il somnole, recroquevillé sur une jument à la robe gris pommelé. Dans un éclair de lucidité, il a aperçu le reptile, mais ne peut y croire : un serpent au cœur de l'hiver n'est pas chose possible, même en Oklahoma. Sans doute le whisky bu à Lawton lui fait-il confondre les ombres. Interdiction de vendre de l'alcool aux Indiens, dit la loi de l'Homme-Blanc. Mais qui peut refuser de l'alcool à Geronimo – surtout quand il paie en dollars ?

Le serpent, repu, ne voit pas arriver le cheval. Une rafale de vent couche les herbes hautes, balaie le sentier, ride la berge sablonneuse. Le souffle de l'air chaviré se tarit, des grains de sable retombent un peu plus loin. Maintenant, le sol tremble sous le martèlement des sabots. Le serpent se fige, adhère à la terre.

Quand le cheval vient sur lui, le reptile se dresse, siffle, agite le bout de la queue. Alerté par le bruit de crécelle, le cheval fait un écart, se cabre, hennit, et prend le galop. Geronimo se cramponne, ses mains glissent sur l'encolure en sueur, accrochent la crinière. Tout près, un éclair et un grondement de tonnerre se confondent, la foudre abat un chêne nain. Le cheval terrorisé se cabre encore, donne du cul, tourne en rond, comme possédé. Geronimo lâche prise, tombe, roule jusqu'à la rivière, le haut du corps dans l'eau. Sonné, il suffoque, bat des pieds, et finit par arracher sa tête de la vase. Crachant, toussant, il entreprend une laborieuse reptation. Le souffle altéré, il cherche l'air.

Sa respiration se fait moins irrégulière, retrouve un rythme, lent. Geronimo se concentre un moment avant de lâcher un petit sifflement strident ; depuis l'enfance, il dresse ses chevaux à lui obéir à la voix, ce qui lui a permis à maintes occasions de se sortir de situations désespérées. La jument, après une valse étrange, revient vers son maître. Geronimo tente alors de se relever, en vain. Essaie encore.

Vaincu, il s'abandonne sur le sable humide.

Le cheval le renifle, Geronimo gonfle les poumons et laisse échapper un autre sifflement, plus guttural, qui tient du feulement.

Le cheval piaffe, gratte le sol, et part au galop.

À tâtons, Geronimo cherche et trouve une bouteille de whisky dans la poche de sa vareuse, retire le bouchon d'un coup de pouce, la porte à sa bouche. Sa main n'est pas sûre. La bouteille est vide. Geronimo n'a pas la force de la jeter au loin, elle lui glisse des mains, roule sur son ventre pour échouer sur le sable.

Les yeux de Geronimo se ferment, d'épuisement. Le tonnerre gronde derrière les collines basses, une pluie fine annonce l'averse. Geronimo comprend que vient sa dernière reddition. Au-dessus de lui le ciel se rétrécit. Un ciel sans lune, sans étoiles. La pluie frappe le sol, l'eau s'insinue, traverse sa vareuse, le glace. Le froid atteint ses os. Il sait que c'est la fin. Il ne reverra pas les montagnes bleues de la Sierra Madre.

Il se souvient. Il se souvient du temps où il ne s'appelait pas Geronimo. Le chagrin et la haine n'avaient pas encore dénaturé son cœur, et les Apaches vivaient debout.

On l'appelait alors Goyahkla.

*

Dans le nord du Mexique, au début de l'été 1850, les autorités de l'État de Chihuahua, fatiguées de l'impuissance des forces armées à

contenir les raids apaches qui menaient l'économie à la ruine, avaient jugé plus réaliste de
jouer la carte de la cordialité en incitant les
Chihennes du redoutable Mangas Coloradas à
venir faire du troc dans les villes de la région
de Casas Grandes. Leurs amis bedonkohes, la
tribu de Goyahkla, s'étaient joints à eux. Les
deux bandes se dirigeaient vers le sud, se dépla-
çant en petits groupes éparpillés et discrets. Les
femmes et les enfants accompagnaient les guerriers, comme le veut la coutume quand les intentions sont pacifiques. Un Apache sans sa
famille n'existe pas. Alope, la femme de Goyahkla, leurs trois enfants, ainsi que Juana, sa
mère, faisaient partie du voyage.

Mangas Coloradas, intrigué par l'air sou-
cieux et renfrogné de Goyahkla d'ordinaire af-
fable, avait insisté pour qu'il se confie. Goyahkla avait fini par lui répondre que le mauvais
rêve de la nuit dernière s'était évaporé avec le
lever du jour, qu'il ne se souvenait de rien,
mais que le goût de cendre qu'il avait dans la
bouche n'arrivait pas à s'en aller malgré toute
l'eau de la rivière. « Alors, bois du mezcal ! »
lui avait dit Mangas Coloradas, sérieux, avant
d'éclater de rire.

D'une stature imposante – il mesurait près
de deux mètres –, Mangas Coloradas approchait de la soixantaine. Une personnalité atta-
chante, obsédée par la justice. Une nature intel-

ligente, parfois crédule, entière et droite, que rehaussait un courage physique proche de la témérité, de la cruauté également. Ces « qualités apaches » lui valaient un grand prestige parmi son peuple, et son influence s'étendait à la plupart des tribus de l'Apacheria. Son goût pour la méditation l'amenait à disparaître de longues semaines dans les montagnes. Les siens l'appelaient Dasoda-Hae, Celui-qui-est-assis-là.

Arrivés sur les premiers contreforts de la Sierra Madre, des éclaireurs avertirent Mangas Coloradas que la population de Janos les attendait sur la place de l'église encombrée de marchandises à échanger, de cadeaux à offrir, et que déjà guitares et mezcal faisaient tourner la tête des hommes et rire les femmes... Les Apaches dissimulèrent leur campement au nord dans les collines boisées, regroupant les nombreux wickiups[1] au milieu d'une vaste clairière près du rio Janos. Puis ils décidèrent d'un autre lieu de rassemblement en cas d'attaque surprise – un réflexe de survie.

Le lendemain, les femmes et les enfants étaient restés au camp, sous la protection de quelques guerriers, tandis que les hommes s'en

---

1. Wickiup : *goh-wah* en apache. Habitat traditionnel. Sorte de hutte semi-sphérique aux armatures souples en genévrier, recouverte de fourrure l'hiver et d'une simple toile, ou de branchages l'été.

étaient allés à Janos – que les Indiens appelaient Kas-Ki-Yeh – troquer poussières d'argent, turquoises, peaux et fourrures contre vêtements bariolés, couteaux et quincailleries en
perle. Outre les discours de paix et les danses,
les Mexicains leur avaient offert des sacs de
farine de maïs et du mezcal. Aussi beaucoup
d'Apaches étaient-ils rentrés enchantés et ivres,
à la nuit tombante.

La fête avait duré deux jours durant dans
l'allégresse, à la satisfaction de tous. Le troisième jour, après le départ des guerriers pour
Kas-Ki-Yeh, le paisible campement s'était réveillé sans se douter que le général Carrasco,
gouverneur militaire de l'État voisin, la Sonora,
et sa cavalerie faisaient route vers eux.

Au bord de la rivière, les enfants jouaient
dans l'eau peu profonde, se disputaient, se ré-
conciliaient ; certains se mesuraient à la course,
d'autres au corps à corps. La chaleur du soleil
bientôt au zénith n'avait pas dissuadé les
femmes de cuisiner sur de petits feux ici et là.
Les cloches de l'église de Janos, à vingt kilomètres de là, n'allaient pas tarder à annoncer midi
et le mezcal coulait à flots.

Dans la plus grande discrétion, la cavalerie
du général Carrasco avait pris position sur une
colline boisée, précédée d'une section de tireurs
d'élite déjà en place. Hausse réglée à deux cents
mètres. En contrebas, les quelques guerriers

présents, assoupis par trop d'alcool et les danses de la nuit passée, ne remarquèrent pas l'étrange silence des oiseaux. Pourquoi auraient-ils eu la crainte de l'horreur que clamait ce silence ?

Les détonations retentirent comme une explosion.

Les guerriers tombèrent les premiers sous les balles des tireurs d'élite. Fauchés par la seconde salve, beaucoup de femmes et d'enfants s'écroulèrent, comme pétrifiés, la panique faisait courir les autres dans tous les sens, cibles vulnérables que des balles perdues trouvaient.

Puis, le silence.

Les cavaliers, au pas, sortirent du bois. Bras levé, le général Carrasco donna le signal de la charge. La troupe se rua, hurlant, sabre au clair. Dans un ballet obscène et monstrueux, les grognements des soldats se mêlaient aux hurlements de peur et de douleur des blessés qu'on achevait, des enfants qui ne comprenaient pas, des jeunes filles que l'on violait. Dans un wickiup, une femme à genoux, les yeux fous, le visage ensanglanté, tenait dans ses bras un nourrisson au regard sans vie qu'elle berçait en chantonnant ; un vieux soldat venu pour tuer n'osa pas l'abattre.

Un brouillard de cendres et de fumée flottait au-dessus des wickiups incendiés, se répandait alentour. Dans la confusion, un groupe d'une vingtaine de femmes et d'enfants cachés dans une dépression était parvenu à contourner le gros du régiment. Alors qu'un vent laminaire dissipait les fumées, un soldat isolé les aperçut. Après un temps d'hésitation, il enfourcha son cheval, un hongre lourd et paisible, et se lança à leur poursuite. Le groupe de fuyards essayait d'atteindre une pente rocailleuse couverte de frênes verts, d'ébéniers et d'eucalyptus des montagnes. Le Mexicain éperonna sa monture dans un rire ponctué de jurons ; un rire cristallin, enfantin, comme son visage glabre de métis aux yeux clairs où la cruauté se mêlait à la crédulité. Pour le retenir quelques instants et laisser aux autres le temps de se mettre à l'abri, une femme lui fit face, un couteau à la main. Son attitude n'était pas seulement dictée par la bravoure. Veuve et sans enfants à charge, c'était à elle de se sacrifier. Un courage réel, teinté de désespoir.

Le jeune Mexicain avait arrêté son cheval dans un nuage de poussière rouge, le sabre levé, comme pour la décapiter. Il s'était ravisé et, sans ranger son arme, avait sauté de sa monture en susurrant une série de « bonita ». Frêle, débraillé, un sourire hésitant aux lèvres, presque timide, il avait l'air d'un enfant triste et sournois. La femme se tenait immobile ; une raideur minérale, au-delà de la dignité et de la peur. Sans dire un mot et sans que son esquisse de sourire ne disparaisse, il lui avait porté un coup brutal au visage du plat de son sabre, la faisant s'effondrer sur le sable pierreux, le bas de la mâchoire fracturé.

D'un coup de botte, il avait projeté le couteau dans un buisson d'armoise avant de relever délicatement la jupe avec son sabre, ébloui par les cuisses charnues et les jambes écartées qu'il découvrait. L'Indienne, inanimée, gémissait. La plainte de cette femme brisée avait décuplé le désir du mâle qui s'était jeté sur elle sans attendre. Grognant, le souffle court, il lui pétrissait la poitrine d'une main tout en dégrafant son ceinturon de l'autre, tandis que l'Indienne reprenait peu à peu connaissance. Quand il l'avait pénétrée, elle s'était mordu les lèvres à en saigner pour ne pas hurler ; sa main griffait le sable, tâtonnait, cherchait, et avait fini par se crisper sur une pierre.

Elle l'avait frappé plusieurs fois à la tête.

Sonné, grotesque avec ses pantalons baissés et son érection inutile, le jeune Mexicain avait imploré la Sainte Vierge ou peut-être sa mère ? Le haut de la tête en sang, il geignait en essayant en vain de se redresser.

La femme lui avait craché au visage avant de s'emparer du sabre ; pour le châtrer ; ses mains n'avaient pas tremblé, son regard était vide. Elle l'avait fait, rapide, précise, comme on castre un poulain. Il avait dit non d'une petite voix avant de hurler.

Elle s'était longuement lavée avec un mélange de boue argileuse et de sable rouge, indifférente à la présence des soudards qui exultaient à quelques centaines de mètres de là. L'eau d'aucune rivière ne pouvait effacer la souillure. Malgré la tentation d'en finir, elle s'était mise en route pour retrouver les siens.

La nuit était venue, un croissant de lune éclairait faiblement la colline où les Apaches avaient installé leur point de rassemblement. Des guerriers armés de fusils et d'arcs montaient la garde, dissimulés derrière des fourrés de mesquites et des buissons d'armoise. Un petit groupe d'hommes et de femmes, assis sur les talons, parlait avec animation. Mangas Coloradas, le visage grave, acquiesçait d'un sobre hochement de la tête aux témoignages des rescapés.

À l'arrivée de Goyahkla, le silence était revenu. Le visage tendu, comme émacié, il avait longuement regardé la femme qui avait été violée. Elle gardait les yeux baissés, un plâtre d'argile gris maintenait le bas de sa mâchoire brisée, ses mains tremblaient. D'une voix douce, Goyahkla lui avait demandé si elle les avait vus morts. Elle avait hésité avant de lui répondre que pour Alope... oui... Pour les enfants, elle ne savait pas...

— Et ma mère ?

— Goyahkla... je ne sais pas...

Le visage de Goyahkla n'exprimait rien. Il resta ainsi, immobile, sans parler. Mangas Coloradas posa la main sur le bras de Goyahkla, cherchant son regard, avant de lui dire :

— Tous connaissent notre point de ralliement. On attend que la lune disparaisse derrière la colline. Après on tiendra un conseil... Je compte sur ta présence, Goyahkla.

Goyahkla s'était levé sans un mot pour se fondre dans la nuit. Mangas Coloradas demanda à l'Indienne si toute la famille de Goyahkla avait été massacrée. En réponse, le silence, puis des sanglots qui, enfin, étaient parvenus à sortir pour libérer des larmes. La douleur de l'Indienne, la douleur de Goyahkla, étaient de même nature que celle de Mangas Coloradas ; une douleur qui avait failli le détruire quand sa famille avait été massacrée par des chasseurs de scalps américains. Lui n'avait pas tout perdu, il était parvenu à sauver l'un de ses enfants. Il se revoyait le prenant dans ses bras, forçant le cercle infernal de la mort préméditée. Une sordide histoire de trahison pour un peu d'argent, voilà plus de vingt ans, à Santa Rita, dans l'Ancien Mexique[1]. La mémoire de la douleur vit en cage, rien ne peut la

1. En 1837, l'Arizona faisait encore partie de la Sonora, un État du Mexique.

libérer. Le temps glisse sur elle. Seule la mort, peut-être...

James Johnson, un aventurier américain, charmeur et courageux, vaguement prospecteur, tenait un comptoir de commerce en gros où souvent il recevait la visite de « son ami » Juan-José, alors chef des Chihennes. Un jour d'avril, à l'occasion de l'acquisition d'une centaine de mules négociée avec les Chihennes, Johnson les avait invités, Juan-José et les siens, à venir fêter l'heureux événement sur la place de Santa Rita. Le mezcal avait coulé à flots dans un climat chaleureux, entre rires, chants, jeux et longues palabres. Aucun Apache ne pouvait imaginer que les acolytes de Johnson avaient encerclé la place, une mitrailleuse de montagne Howitzer pointée sur la foule indienne émerveillée par tant de bonnes choses offertes : farine de maïs, selles, brides, perles, couvertures et encore du mezcal. Ce fut un carnage : trois cents Apaches y avaient laissé la vie. Johnson avait achevé son ami Juan-José d'une balle dans la nuque pendant que ses complices scalpaient les victimes, dont plus de la moitié étaient des femmes et des enfants. Pour toucher la prime : ce massacre n'ayant pas d'autre raison que ce petit profit. À l'époque, les autorités mexicaines avaient mis en place un système officiel de récompense défini par le *Proyecto de guerra* qui prévoyait des primes pour les scalps d'Apache :

cent pesos pour un scalp d'homme, cinquante pour celui d'une femme et vingt-cinq pour celui d'un enfant. Des bandes de chasseurs de scalps venues du Texas, comme celles du sinistre Kirker ou de Gallandin, dévastèrent le nord du Mexique, tuant et mutilant surtout des Indiens pacifiques, sans épargner les Mexicains isolés. Le crime n'était pas resté impuni. L'année suivante, après un long siège de la ville, Mangas Coloradas à la tête du reste de la tribu avait ordonné l'extermination de la population de Santa Rita, affamée, qui tentait une sortie.

Le goût amer, irrésistible, de la vengeance lui revenait à la bouche. Mais cette fois, il n'y avait pas eu trahison. Mangas Coloradas avait appris par les rescapés que les gens de Kas-Ki-Yeh n'étaient pas responsables du massacre ; les soldats qui occupaient le campement venaient de la Sonora. Si les soldats ne quittaient pas le terrain, les Apaches seraient obligés d'abandonner leurs morts. La douleur du vieux chef n'avait d'égal que son désir de vengeance.

Sur l'autre versant de la vallée, le gros de la cavalerie mexicaine se tenait en alerte autour de grands feux, à trois cents mètres du campement apache dévasté. Des soldats postés sur les collines avoisinantes attendaient, et espéraient, une contre-attaque indienne : leur puissance de feu leur donnait ce courage.

Après avoir égorgé une sentinelle, Goyahkla

avait rampé à travers les lignes mexicaines, sans rencontrer d'autres difficultés, pour déboucher sur le campement silencieux, jonché de cadavres et de braises. La chaleur de la nuit d'été rendait insoutenable l'odeur de la mort. Regroupés sous la garde de soldats en armes à l'écart du charnier, une soixantaine d'Apaches, essentiellement des femmes et des enfants, essayaient de se persuader que Mangas Coloradas allait les délivrer.

Goyahkla progressait, dos courbé, en direction d'un wickiup en partie carbonisé qui se trouvait en bordure de la rivière. Devant l'entrée, sa mère gisait, exsangue, la terre avait absorbé le sang. Un peu plus loin, à l'intérieur, il aperçut les contours de corps inertes, celui de sa femme et ceux de ses trois enfants. Il resta immobile, sans oser un pas de plus, puis il s'avança : ils étaient là, sans vie, mutilés. Il recouvrit d'une couverture les jambes dénudées et meurtries d'Alope avant de s'éloigner. Tous avaient été scalpés. Dans ses yeux, un désespoir absolu. Ce qui lui restait d'enfance venait de mourir. Avant de quitter le campement, Goyahkla s'était approché d'un groupe d'officiers mexicains qui buvaient du mezcal autour d'un feu ; il avait regardé longuement leurs visages ; certains riaient. Jamais il n'oublierait leurs rires.

À quelques kilomètres de là, un cercle d'une trentaine de guerriers accroupis tenaient conseil. Une discussion feutrée, pleine d'une passion contenue où la haine et la douleur se mêlaient. Éparpillés alentour dans le bosquet, femmes et enfants attendaient comme une lamentation dans les feuillages. Goyahkla, le visage fermé, avait pris place dans le cercle. Personne ne l'avait regardé, ils savaient d'où il venait.

— Frères, plus personne ne viendra... il faut partir..., dit Mangas Coloradas. Les soldats de la Sonora se sont abattus sur notre campement comme un troupeau de porcs affamés, ils ne cherchaient que le sang... Il n'y a pas eu de combat, seulement de la bestialité et de la lâcheté... Cent vingt-sept des nôtres sont morts et quatre-vingt-six sont prisonniers... Nous sommes en territoire ennemi, sans armes, sans poneys, sans vivres. Nous ne pouvons rien faire pour délivrer les vivants et venger nos morts. Nous reviendrons.

Les survivants passèrent la frontière après deux jours et trois nuits de marche forcée. Goyahkla, désemparé, toujours à l'écart, refusait de s'alimenter ; il ne parlait à personne et personne ne lui parlait. Dans ces circonstances, une démonstration de sentiments est déplacée. Pour un Apache, les sentiments vrais n'ont pas besoin de paroles, le silence ou les actes suffisent. Quelques jours plus tard, la bande décimée arriva à la rancheria[1] des Bedonkohes, sur les hauteurs de la Sierra Catalina, tandis que Mangas Coloradas et sa bande s'enfonçaient plus à l'est dans la Sierra Mimbres.

Les gens détournaient les yeux sur le passage de Goyahkla qui se rendit sans détour à son wickiup, il s'arrêta devant l'entrée, soudain intimidé. Il distinguait entre ombres et lumières les parois décorées par Alope, des assemblages de perles et des dessins sur peaux de daim. Indécis, il n'osait profaner le lieu de leur intimité. Peut-être avait-il peur de cette dernière confrontation ? Il pénétra à l'intérieur comme un homme qui se jette à l'eau. L'odeur des peaux d'ours et de lion des montagnes qui recouvraient le sol fut pendant quelques instants plus forte que celle de la mort. Les souvenirs se bousculaient, remontaient en désordre. Des bouffées du passé le submergeaient par vagues de plus en plus rapprochées, déposant sur ses plaies l'atroce venin de la mémoire d'une vie révolue. Quand il découvrit les jouets de ses enfants, il ne put retenir ses larmes. Ce n'était pas seulement des larmes de tristesse. Il parlait tout seul, entre sanglots et silences : « Mon cœur est vide. Je sais que tout le sang du

1. Rancheria : communauté d'Apaches, non pas groupée comme un village ou un campement d'Indiens des Plaines, mais disséminée sur une large étendue.

36

Mexique ne suffira pas à chasser votre absence. Et la douleur des morts. Alope tu n'es plus là et nos enfants ne joueront plus dans les montagnes... Pourquoi tuer nos enfants ? »

Dehors, à une cinquantaine de pas de là, une fillette de cinq ans, accrochée à la jupe d'une vieille femme occupée près d'un feu à surveiller la cuisson d'un lièvre à la broche, jetait de furtifs coups d'œil vers le wickiup de Goyahkla.

— Alope ne reviendra plus ? demanda la fillette dans un sourire lumineux.

— Ne prononce jamais le nom des morts.

La vieille femme prit l'enfant dans ses bras et lui murmura une chanson qui parlait du malheur de Goyahkla : « Pauvre Goyahkla qui a tout perdu... La haine va lui manger le cœur... Malheur aux Bouches-Poilues... »

Goyahkla, hébété, était sorti du wickiup, sa main serrait une torche faite de feuilles de maïs tressées. Effrayée par ce visage fermé, presque hostile, la petite fille s'était blottie dans les bras de la grand-mère. Sans un regard pour elles, Goyahkla enflamma la torche. Le wickiup de sa mère et le sien devinrent brasier. Il les regarda se consumer, les yeux fous.

Longtemps après, quand la nuit avait chassé le jour, il était toujours là, devant les cendres. Immobile. Seul. Pour écarter la tentation d'un héritage matériel et les mauvaises pensées qui peuvent en résulter, les Indiens détruisent les biens des défunts. La coutume tribale voulait qu'il brûle ce que sa mère avait possédé, mais il n'était pas obligé de brûler son propre wickiup et les jouets de ses enfants, il y avait là trop de douleur.

Les mois suivants s'écoulèrent dans la tristesse, Chihennes et Bedonkohes avaient recouvré un peu de leurs forces mentales. Leur arsenal d'arcs, de lances et de casse-tête, complété par quelques fusils volés aux Blancs pouvait leur permettre d'envisager un raid de guerre pour venger les morts de Kas-Ki-Yeh.

Goyahkla avait changé. Lui, le mari tendre et attentionné, le père affectueux, se laissait aller à l'amertume avec de fréquents accès de violence, souvent imprévisibles. Toujours silencieux, il ne souriait plus et vivait en ermite sur les hauteurs du cañon. La nuit, on pouvait entendre au loin ses chants lugubres courir sur la montagne. Certains le craignaient, beaucoup pensaient qu'il fallait que le sang mexicain coule pour qu'il emporte avec lui les mauvais esprits qui rongeaient l'âme de Goyahkla.

Au printemps, avec le retour des Larges-Feuilles et la vie nouvelle qui s'impose, beaucoup pensaient que le moment était venu.

Avant le lever du soleil, les guerriers de Mangas Coloradas avaient quitté la rancheria pour se rendre au cœur de la Sierra Mimbres, dans une profonde forêt de pins Ponderosa. La colonne de Chihennes, silencieuse, avait serpenté trois heures dans la montagne avant de rejoindre la bande de Bedonkohes de Goyahkla qui se trouvait déjà sur place. Pendant le conseil, les cent soixante-dix guerriers assis en cercle autour d'un petit feu de braises discutèrent les deux propositions de Mangas Coloradas.

Quand tous eurent parlé, il reprit la parole :

— Nous, Apaches, Chihennes et Bedonkohes, allons prendre le sentier de la guerre pour venger ceux tombés à Kas-Ki-Yeh. Viendrez-vous ?

Toutes les mains se levèrent.

Mangas continua :

— Vous le savez, nous ne sommes pas assez nombreux pour châtier ces chiens, nous avons besoin de l'aide de tous les Chiricahuas. Je demande à Goyahkla, Celui-qui-a-tout-perdu, de convaincre Cochise, le chef des Chokonens, et Juh, le chef des Nednis, de venir nous aider à venger nos morts. Le massacre de Kas-Ki-Yeh est une offense pour l'ensemble du peuple apache.

*

Geronimo a perdu connaissance. La pluie lui fouette le visage, ruisselle sur son corps. Une humidité glaciale imprègne chaque pouce carré de sa peau, et finit par le réveiller. Sa respiration s'affole, les poumons cherchent l'air, ses lèvres frémissent sans qu'aucun son ne sorte de sa bouche. Sa main droite, convulsée, agrippe le sol, les doigts fouillent le sable, butent sur l'argile, la griffent, la main se détend, la respiration se fait moins cahoteuse, le calme revient.

Geronimo porte la glaise à son nez, la sent, l'étale sur ses joues : deux bandes à peu près symétriques, comme des peintures de guerre. Le martèlement d'une multitude de sabots résonne dans sa tête. Le galop d'une vingtaine de chevaux dérobés aux Mexicains pour Alope.

Pour Alope qui n'est pas morte.

Les souvenirs chassent la pluie, la main de Goyahkla serre celle d'Alope, la nuit tombe, ils se cachent pour s'aimer. Alope et Goyahkla se croisent, se regardent, se rapprochent, depuis l'enfance... Leurs corps se connaissent depuis longtemps, avant que Goyahkla ne devienne un guerrier. Seul un guerrier peut fonder une famille. Elle, fragile, délicate, rêveuse. Lui, robuste, téméraire, enjoué. Ils sont harmonie.

Goyahkla a dix-sept ans, il siège enfin au Conseil des guerriers. No-Po-So, le père d'Alope, n'est pas pressé de voir sa fille quitter le wickiup familial, alors il lui demande de nombreux poneys pour le mariage. Beaucoup trop. Une manière polie de refuser.

Quelques jours ont passé, Goyahkla traverse la rancheria à la tête d'une horde d'andalous volés à des soldats mexicains. No-Po-So ne peut plus refuser. Alope grimpe sans autre cérémonie sur l'étalon bai de Goyahkla. Ils sont mariés.

L'harmonie a été brisée à Kas-Ki-Yeh. À jamais.

La pluie redevient présente, elle ne lave pas la douleur. Alope est morte. La consolation n'est jamais venue. Geronimo pleure encore.

Le crotale, attiré par la chaleur du corps de Geronimo, s'approche, contourne une botte, se glisse sous la vareuse, vient se lover contre sa cuisse. Geronimo pense à Taklishim, son père. C'était le fils de Mahko, chef des Nednis.

La voix de Geronimo s'élève au-dessus du bruit de la pluie, malgré la douleur et l'amertume qui lui compriment la poitrine : « Mon père, tu as perdu pour l'amour de ma mère le droit héréditaire que tu avais sur le peuple nedni... tu l'as perdu pour aller vivre auprès de ta femme[1] chez nos frères bedonkohes. Tu as choisi d'être un simple guerrier. Tu as refusé les honneurs. Tu es un grand homme, mon père. Un Apache. »

La pluie redouble de violence, Geronimo

1. Un Apache va vivre dans la famille de sa femme (société matriarcale). Les enfants appartiennent au clan de la mère. Geronimo était nedni par son père, bedonkohe par sa mère, donc bedonkohe.

ferme les yeux. L'odeur tenace du sang lui revient en mémoire. Le sang de la vengeance. La vengeance de Goyahkla.

*

C'est à pied que Goyahkla rejoignit, au sud-est, les monts Dragoon où se nichait la citadelle de Cochise. Les deux hommes ne se connaissaient pas. Goyahkla se sentait honoré de rencontrer le chef des Chokonens. La réputation de Cochise courait dans toute l'Apacheria. On le respectait, on le craignait, on l'aimait.

Goyahkla progressait depuis trois jours dans un désert rocailleux, il était seul, il sentait monter ses Pouvoirs. Pour les Chiricahuas, l'homme vient d'un monde où règnent le chaos et le conflit. De cela, il résulte une multitude de forces issues des ténèbres qui hantent notre terre, des forces antagonistes. Ces forces, matière originelle de l'univers, ne sont ni le bien ni le mal : elles sont. On peut les appeler « Pouvoirs ». Chaque être vivant – humain, animal, végétal, minéral – possède également des Pouvoirs qui peuvent contrebalancer, par le combat, l'harmonie, la séduction ou la soumission, les effets de ces puissances des ténèbres. Les manifestations de ces Pouvoirs que les hommes subissent de façons variables, suivant la nature réelle de leur personnalité, dérèglent l'ensemble des activités et des sentiments humains. Pour vivre dans ce monde hostile, il est vital de solliciter, et surtout de maîtriser les Pouvoirs qui existent en nous. La liberté de l'individu, dans cet état de guerre permanent, consiste à « acquérir » – dans le sens de dévoiler – les Pouvoirs qui déjà vivent en lui. La chose n'est pas sans risque car un Pouvoir peut se retourner contre celui qui le contrôle mal, l'important venant de la conscience que l'on en a et de l'utilisation que l'on en fait. Souvent, le Pouvoir s'impose par un rêve, une voix ou un signe. C'est une entité inachevée qui se révèle en s'incarnant dans l'individu, à certains moments : une symbiose indispensable pour que le Chiricahua puisse affronter les forces du Monde-des-Ombres avec une chance de parvenir à les vaincre ou, mieux, à s'en faire des alliés.

À l'aube du quatrième jour, alors que la lumière du soleil encore invisible dansait derrière la chaîne des monts Chiricahuas, Geronimo s'arrêta au bord d'une falaise escarpée. Il avait marché toute la nuit sans prendre de repos. Assis face au vide, il regardait le jour se lever. Tout son être n'était qu'exaltation. La fatigue, la soif, la faim, l'avaient oublié. Il se perdit longtemps dans la contemplation de cette vaste étendue où cañons, ravins, crêtes, précipices, montagnes, semblaient jetés çà et là.

À l'ouest, s'élançait un orgue démesuré aux colonnes de grès bleu, blanc, vert, rose et brun. Aucune végétation n'était visible, ce n'était que masses pierreuses arrondies ou effilées par la pluie et le vent. Goyahkla ne pensait pas, il regardait.

Le temps n'existait plus.

Le soleil, maintenant haut dans le ciel, composait des ombres ramassées au point de n'être par endroits que pures esquisses noires. Sans raison, des larmes venaient mouiller ses yeux ; son corps s'alourdissait, devenait pierre, se fondait dans la roche. Et, devant lui, comme dans un mirage, un ours aux extrémités argentées se dessina dans le ciel. Avec précision. La vision s'estompa lentement pour se dissoudre dans un nuage laiteux. Porté par un vent qui venait de nulle part, il entendit une voix prononcer son nom, à quatre reprises : « *Goyahkla... Goyahkla... Goyahkla... Goyahkla... Ne pleure pas sur toi. Ne pleure pas sur ton malheur, Goyahkla. Ne laisse pas le Peuple-de-l'Ombre s'emparer de ta vie. Refuse la tristesse qui te fait vivre en rampant. Écoute ton Pouvoir... Aucune arme ne pourra te détruire, aucun fusil ne pourra jamais te tuer... Je guiderai ta main.* »

Le soleil commençait à rougir et les ombres s'allongeaient, Goyahkla marchait d'un pas vif au fond d'un étroit cañon fait de roches déchiquetées, sculptées par l'eau et le temps. Un faucon en chasse frôlait les parois, à la recherche de reptiles et de rongeurs qui ne tarderaient pas à sortir des crevasses pour profiter de la fraîcheur.

Les sentinelles de Cochise, dissimulées sur les hauteurs, observaient la lente progression de Goyahkla dans ce dédale de pierres ; il avançait à découvert sans chercher à se dissimuler. Les serres du faucon se refermèrent sur un crotale. Le rapace s'éleva haut dans le ciel avant de lâcher sa proie qui alla s'écraser dans le lit d'un arroyo. Il tournoya un long moment dans les airs, puis piqua sur le serpent avant de disparaître avec son butin sur les hauteurs du cañon. Geronimo sentit dans ses veines monter la « puissance » du faucon.

Après avoir traversé une vaste forêt de pins, puis un bois de chênes, en suivant une vieille piste de daims, Goyahkla retrouva la solitude des roches. Encore deux heures de marche le long d'une falaise avant d'arriver à la rancheria de Cochise. Un endroit accessible par un unique passage que quelques guerriers pouvaient tenir contre une armée entière. Goyahkla sentait la présence d'invisibles sentinelles.

Entourée de rochers abrupts, escarpés, crénelés, la rancheria s'étalait sur plusieurs kilomètres autour d'une rivière bordée de saules nains. Çà et là, quelques tepees et de nombreux wickiups éloignés les uns des autres occupaient la partie ouest de la large vallée. Au loin, au-delà de l'enceinte de cette forteresse naturelle, sur une colline verdoyante, surveillé par des enfants, un troupeau de plus d'un millier de chevaux et de mules se rassasiait d'herbe nouvelle.

Goyahkla, guidé par un gamin enjoué et dégourdi, juché à cru sur un âne borgne, traversa la rancheria et s'arrêta à une dizaine de mètres d'un grand wickiup que le gamin lui avait désigné avant de partir au petit trot.

Goyahkla attendit sans se manifester.

Un homme plutôt grand, âgé d'une quarantaine d'années, sortit du wickiup. De longs cheveux noirs tombaient, libres, sur ses épaules, encadrant un visage fin à l'expression sévère et noble. C'était Chies-Co-Chise, un des noms du chef chiricahua, simplifié par les Blancs pour donner : Cochise. D'un pas lent, presque indolent, Cochise s'approcha de Goyahkla qui n'avait toujours pas bougé.

Pendant de longues secondes, Cochise étudia les traits du visage de Goyahkla. Derrière le masque d'une souffrance impérissable, il décela les signes d'une autorité naturelle et la détermination d'un chaman de guerre, démesurés, comme l'amertume.

— Je viens pour Kas-Ki-Yeh, dit Goyahkla, ému.

— Je sais, dit Cochise.

Le lendemain, dans un vallon, une centaine de guerriers assis en cercles concentriques autour d'un petit feu dans la lumière du jour naissant s'entretenaient à voix basse des affaires courantes de la rancheria. Certains, comme Cochise et Goyahkla, étaient torse nu, d'autres portaient sur leurs épaules une couverture navajo ; quelques-uns fumaient des cigarettes composées de tabac sauvage et de sauge roulés dans une feuille de chêne. Les chuchotements cessèrent sur un signe de Cochise, les regards convergèrent vers Goyahkla qui se leva, tendu. Il prit la parole d'une voix sèche.

— Je suis Goyahkla, le fils de Taklishim, et mon grand-père Mahko était le chef héréditaire des Nednis. Maintenant, je suis Celui-qui-a-tout-perdu. Frères, vous savez ce que les Mexicains de la Sonora ont fait à notre peuple à Kas-Ki-Yeh... Nous étions allés en paix... Ils ont tué ma mère, ma femme et mes trois enfants... Beaucoup des nôtres sont morts, d'autres ont été emmenés dans le sud de l'Ancien Mexique pour être vendus comme esclaves... Nous devons les venger. Ces chiens doivent mourir. Notre chef, Mangas Coloradas, manque de guerriers, il a besoin de tous ses frères chiricahuas. Juh, le chef des Nednis, sera avec nous.

Goyahkla, dans un lent mouvement circulaire, posa le regard sur chaque guerrier avant de poursuivre :

— Frères de sang, viendrez-vous avec nous ?

Le soleil commençait à émerger derrière un pic enneigé et les oiseaux, maintenant habitués à la présence des Indiens, piaillaient sans retenue. Après quelques secondes de silence pour marquer le respect, les guerriers hochèrent légèrement la tête en signe d'acceptation.

Afin de venger les morts de Kas-Ki-Yeh, Mangas Coloradas, Cochise et Juh avaient choisi la ville d'Arizpe, dans la Sonora, pour cible expiatoire. Implantée à l'entrée d'un cañon étroit qui rendait difficile l'envoi de renforts, cette riche agglomération agricole, ancienne capitale de l'État, présentait l'avantage d'être assez éloignée de toute garnison. La véritable raison du choix de cette ville avait peu à voir avec la stratégie : Arizpe abritait le régiment responsable du massacre de Kas-Ki-Yeh.

Deux mois plus tard, à la frontière mexicaine, au creux d'un vaste et profond cañon, un grand feu éclairait une nuit sans lune. Autour du brasier, une multitude de femmes, d'enfants et de guerriers formaient un demi-cercle ouvert à l'Est. Le murmure des conversations et les rires enfantins avaient cessé aux grondements de quatre tambours, suivis du chant des guerriers assis. Venant de l'Est, quatre danseurs – sans peinture, seulement vêtus de pagne – firent quatre fois le tour du feu, puis se groupèrent par deux pour danser au Nord et au Sud du feu en inversant leur place, cela à quatre reprises. Le grondement lancinant des tambours résonnait en continuité, les guerriers se levèrent en ordre dispersé pour entrer dans le cercle des danseurs.

À l'aube, la danse prit fin et les guerriers composant le Parti de guerre se rassemblèrent à la sortie du cañon, à quelques kilomètres en aval : trois bandes de Chiricahuas, fortes d'une centaine de guerriers chacune, respectivement conduites par Cochise, Juh et Mangas Coloradas. Simplement vêtus de pagne et de mocassins montants, les guerriers, visage et corps striés de peintures de guerre, étaient armés d'arcs, de lances et de casse-tête, certains de fusils ou de revolvers. Mangas Coloradas annonça que Goyahkla prendrait le commandement de la troupe. Personne ne trouva à redire. La colonne s'ébranla. Les femmes, les enfants, et les quelques hommes restés pour les protéger effacèrent les traces de la cérémonie avant de se disperser dans la montagne en attendant le retour des combattants.

Les guerriers s'en allèrent à pied, le terrain étant trop accidenté pour les chevaux. Trois jours d'une marche forcée le long des torrents, sur les chemins sinueux et les pentes abruptes de la Sonora. Les Apaches silencieux se déplaçaient sur une seule file au fond des cañons et des gorges, suivant la trace d'arroyos et les lits asséchés des rivières. Sur les hauteurs, de part et d'autre, et dans les profondeurs des défilés, les éclaireurs traçaient la route en prenant soin de poser les pieds sur les pierres. Lors des raids, les Apaches se déplacent toujours ainsi – la fameuse file indienne – afin de limiter les pertes en cas d'embuscade et surtout pour laisser un minimum de traces sur le sol ; de la sorte les empreintes se superposent, ce qui rend difficile l'évaluation du nombre de guerriers en campagne.

Au couchant du troisième jour, peu après la traversée du rio Yaqui, Goyahkla rassembla autour de lui Mangas Coloradas, Juh, Cochise et les autres chefs de clans, pendant que des sentinelles prenaient place aux endroits stratégiques. Il exposa avec précision son plan d'attaque, les plans de repli et détermina le lieu de ralliement en cas de désastre ; la plupart d'entre eux connaissaient la configuration du terrain.

Les Apaches débouchèrent à l'est par les défilés escarpés en amont du rio Sonora et arrivèrent avant l'aube devant Arizpe. Pendant de longues heures, les éclaireurs observèrent la ville blanche. En fin d'après-midi, une centaine de guerriers prirent position en demi-cercle, dissimulés derrière des troncs, des rochers ou des buissons d'armoise et d'arroches. Cachés par la beauté de l'automne dans les arbres et l'eau débordante parmi les pierres, ils écoutaient les rumeurs de la ville. À leurs pieds, coulait le rio Sonora.

Dix guerriers se mirent alors à découvert.

Les habitants d'Arizpe ne tardèrent pas à découvrir ces Apaches immobiles, rigides comme des statues de sel. Goyahkla était statue. Immédiatement, le tocsin résonna dans la vallée. Les paysans quittèrent leurs champs en toute hâte ; l'incertitude et la peur gagnaient : « Les Apaches ! les Apaches sont là ! »

Les guerriers restaient statues.

« Que veulent-ils ? » disaient les uns. « Ils ne sont pas nombreux et les soldats sont en ville... », se rassuraient les autres. « Non, il faut négocier. Avec les Apaches, on ne sait jamais... »

Une heure s'était écoulée en palabres inutiles qui n'avaient pas réussi à chasser l'angoisse. Les Apaches ne bougeaient pas. Derrière les murs d'adobe, la panique gagnait, sourde, et remplaçait peu à peu le sentiment d'irréalité.

Enfin, une douzaine de cavaliers mexicains coiffés de larges sombreros sortirent au petit trot et franchirent le fleuve à gué. La petite troupe avançait au pas en direction des Apaches-statues. Le cavalier de tête portait un drapeau blanc ; son visage ruisselant de sueur, déformé par un sourire figé, disait la peur. Les Mexicains avaient du mal à tenir leurs chevaux qui sentaient la présence de la multitude cachée.

Soudain, un feulement venant des buissons déchira le silence de l'air et les douze cavaliers furent désarçonnés par les flèches d'une vingtaine d'arcs invisibles. Et, devant la ville terrorisée, les Chiricahuas égorgèrent les survivants avant de tous les scalper. Scalper ne faisait pas partie de la panoplie des mutilations que les Apaches infligeaient à leurs ennemis. La ville comprit alors qu'il ne s'agissait pas là d'un simple raid, mais d'une déclaration de guerre totale.

La nuit venait, allongeait les ombres. Les Apaches établirent leur campement au bord du fleuve, à huit cents mètres d'Arizpe. La bande de Cochise ne s'était pas encore montrée ; les Chokonens campaient plus à l'est, feux dissimulés, au fond d'un cañon.

La nuit fut longue pour les habitants de la cité assiégée, le martèlement des tambours apaches les rendait fous.

À l'aube, comme Goyahkla l'avait prévu, l'infanterie mexicaine, baïonnette au canon, effectua une sortie ; deux compagnies progressant d'un pas lent, en rangs serrés, jusqu'au fleuve, suivies d'un convoi de mulets chargés de munitions et de ravitaillement. Les Apaches les laissèrent avancer avant d'adopter une stratégie d'attaques brèves avec replis immédiats.

Des escarmouches qui se poursuivirent la journée durant dans les collines avoisinantes.

À la nuit tombante, la bande de Cochise, tenue en réserve au fond du cañon, passa à l'offensive. L'effet de surprise aidant, les lignes mexicaines furent enfoncées, les Apaches s'emparèrent des munitions et du ravitaillement qu'ils convoitaient depuis le matin. L'infanterie mexicaine regagna la ville en ordre dispersé. Arizpe se préparait à vivre une nouvelle nuit d'angoisse au rythme des tambours. Pourtant, cette nuit-là, tout fut silencieux. Certains se prirent à espérer que les Apaches lèveraient le camp.

Aux premières lueurs de l'aube, les habitants, affolés, découvrirent les guerriers torse nu et peints de couleurs vives qui les regardaient, silencieux, déterminés. C'était le 30 septembre 1851, le jour de la Saint-Jérôme. *San Geronimo*, en espagnol.

Les deux compagnies d'infanterie, maintenant suivies par deux compagnies de cavalerie, sortirent de l'enceinte de la ville pour prendre position en bordure de fleuve, dans un carré parfait comme on l'apprend à l'École de guerre. Chez Goyahkla, l'exaltation devint folie quand il reconnut les visages de certains cavaliers. Ceux qui riaient à Kas-Ki-Yeh. Avant de donner l'ordre de l'assaut, il laissa la troupe mexicaine s'approcher jusqu'au centre du demi-cercle que constituait la ligne d'attaque des guerriers apaches dissimulés par des arbres et les dépressions du terrain.

Sous l'impact, le carré mexicain se disloqua et la mêlée devint confuse. Les Apaches cherchaient le corps à corps, empêchant les Mexicains de se regrouper pour faire jouer leur cavalerie. De petits groupes s'affrontaient, lances et casse-tête contre baïonnettes et sabres. Goyahkla, acharné, était partout, brutal, précis, possédé. Niant la mort, il prenait des risques insensés pour tuer, encore et encore. Habité d'un véritable instinct de destruction, il propageait l'épouvante dans les rangs ennemis. L'infanterie mexicaine, composée de paysans sans terre et misérables, bien souvent enrôlés de force, n'avait pas fait longtemps illusion face à la détermination des Chiricahuas ; une débandade qui avait laissé la cavalerie sans appui.

Près du fleuve, Goyahkla arracha de son cheval un cavalier en déroute ; un jeune lieutenant à peine sorti de l'École de guerre, innocent et sincère. Les deux hommes roulèrent à terre, le cavalier se releva, l'arme au poing, et tira à l'instinct. La balle frôla la tempe de Goyahkla, emportant une poussière de peau. Un mince filet de sang coulait sur sa joue, se mélangeant au vermillon de la peinture de guerre. La dernière cartouche de l'officier. Le sourire de Goyahkla n'avait rien d'humain. Une lance brisée à la main, il s'avança vers sa proie. Dans les yeux sombres de l'Apache, l'officier voyait une haine inouïe. Alors, avec ce courage particulier qui vient de la certitude de sa propre fin, l'officier perdu se rua sur Goyahkla, son poignard brandi en étendard, en hurlant : « *San Geronimo, San Geronimo !* » La lance de Goyahkla lui traversa la gorge, interrompant ainsi sa dernière prière. Ce jour-là, d'autres soldats implorèrent de la sorte San Geronimo devant tant de folie meurtrière.

L'affrontement avait à peine duré trois heures et la victoire des Chiricahuas était totale. Les survivants s'étaient repliés sur Arizpe transformée en camp retranché. Des soldats affolés cherchaient à rejoindre leurs unités, en contournant par l'ouest la vaste étendue du champ de bataille. En amont du fleuve, loin de la ville, Goyahkla et trois guerriers – occupés à localiser les blessés – furent pris sous le feu de deux officiers mexicains isolés, cachés à moins de dix mètres d'eux derrière une mule éventrée. Deux des guerriers furent terrassés par cette salve meurtrière alors que Goyahkla et le troisième Apache couraient en zigzag vers un bosquet de feuillus se mettre à l'abri. Bruit de percuteurs qui percutent du vide, les deux fuyards ralentirent alors l'allure. Le compagnon de Goyahkla, déconcentré, trébucha sur une caisse de munition et, avant que son corps ne touche le sol, un des Mexicains lancés à leur poursuite le décapita d'un coup de sabre. Goyahkla, comprenant que les deux officiers avaient grillé leurs dernières cartouches, arrêta de courir.

Posté à l'orée du bosquet, un guerrier armé d'une lance regardait l'issue de ce combat sans intervenir, Goyahkla ne lui ayant pas demandé de l'aide. Goyahkla, désarmé, tendit la main pour prendre la lance sans prononcer le nom du guerrier, lui signifiant ainsi qu'il voulait combattre seul les deux officiers.

La lance transperça la gorge du premier, le couteau éventra le second. Ce furent les deux derniers morts de la Saint-Geronimo.

Encore couvert du sang de ses ennemis, Goyahkla brandit le sabre des vaincus en direction d'Arizpe. De nombreux guerriers l'entouraient en signe de respect. Le long cri de victoire[1] des Apaches déchira le silence de la ville blanche.

Goyahkla donna l'ordre de scalper tous les morts. Il ne pouvait rappeler auprès de lui sa mère, Alope et ses enfants. Il ne pouvait pas rendre la vie aux guerriers morts au combat. Pourtant, à cet instant, il se sentait en « harmo-

---

1. Les Apaches se battent toujours en silence, ils lancent seulement un cri de guerre, bref, au début des hostilités.

nie ». Les Chiricahuas avaient vengé Kas-Ki-Yeh.

Goyahkla n'existait plus, Geronimo l'avait tué.

*

Un cheval au galop sur un sentier détrempé. Naseaux dilatés, l'écume à la bouche, les yeux fous. Il s'arrête devant une petite cabane en rondins, hésite, gratte la terre. Les fenêtres de la cabane diffusent un halo tremblotant d'une lumière feutrée.

Le cheval hennit. La porte s'ouvre brusquement sur une vieille femme, Azul, la femme de Geronimo, suivie d'un Apache d'une quarantaine d'années. Il s'appelle Daklugie. Ils sortent dans la précipitation.

— Il est arrivé quelque chose... J'y vais, dit Daklugie en saisissant le cheval par la bride.

Dans un même mouvement, il attrape les rênes et le pommeau de la selle pour se hisser sur le cheval, la vieille femme le retient par le bras.

— Je viens avec toi ! On prend le chariot.

Après deux heures de recherches, ils trouvent Geronimo, sans connaissance, au bord de la rivière.

La voix d'Azul et l'odeur de bois sec du

plancher du chariot réveillent le vieux guerrier. Le temps presse.

Le chariot bâché tiré par quatre mules glisse, dérape, cahote sous une pluie battante. Daklugie fouette vivement les bêtes qui s'échinent sur le chemin défoncé. Sous la bâche, Geronimo, le regard vitreux, chantonne une mélopée répétitive, un chant traditionnel de mort. Azul lui tient la main. Geronimo ouvre les yeux, les referme, les ouvre de nouveau et dit : « Je veux mourir avec les miens, pas dans la maison de la mort... » La maison de la mort, c'est ainsi que les Apaches nomment l'infirmerie de Fort Sill.

Azul, trop bouleversée pour lui parler, acquiesce en hochant la tête. Cahoté, fiévreux, tremblant, Geronimo reprend son chant de la mort. Après une heure de route, le chariot s'arrête devant la cabane en rondins. Le vent s'est levé, la pluie redouble de violence. Daklugie et Azul sortent Geronimo du chariot, le transportent à l'intérieur de la cabane et le posent sur le lit qu'ils tirent à côté d'un poêle à bois brûlant. Azul commence à le déshabiller tandis que Daklugie reste immobile, bras ballants, les yeux fixés sur le visage ridé du vieux guerrier.

Geronimo cligne des yeux, les referme. Après un long silence, il dit :

— Ma mère m'a appris les légendes de notre peuple... Elle me parlait aussi du soleil et du ciel, de la lune et des étoiles, du vent et de la pluie, des nuages et des orages... Je me souviens du cañon No-Doyohn près de la source de la Gila... C'est là que je suis né... Jamais je ne reverrai nos montagnes... Les Blancs veulent tout posséder, la terre, les montagnes et même l'eau... Les Apaches, eux, ne veulent pas posséder toutes ces choses car ils sont la terre, la montagne et l'eau. Jamais les Blancs n'ont voulu le comprendre... Ils ne peuvent pas comprendre, sinon leur monde s'écroule... Ils doivent nous tuer pour vivre, eux. Tuer l'âme indienne...

*

Avant la tragédie de Kas-Ki-Yeh, suivie des représailles chiricahuas où Goyahkla avait hérité du nom de Geronimo, les Apaches avaient observé avec neutralité et réjouissance l'affrontement féroce entre les armées américaine et mexicaine pour le contrôle de l'Ouest sauvage ; une attention teintée de bienveillance à l'égard des Yankees qui jusqu'à présent leur avaient fiché la paix. Mexico, finalement vaincu en 1848, avait cédé – par le traité de Guadalupe Hidalgo – à Washington contre quinze millions de dollars : la Californie, ainsi que les territoires de l'Utah, du Colorado, du Nouveau-Mexique et de l'Arizona. Le Texas, qui avait déjà fait sécession, avait rejoint l'Union dès

1845. Par ce traité, les Américains avaient mis fin *de facto* aux prétentions mexicaines sur la quasi-totalité de l'Apacheria. Peu désireux de coloniser cette région de montagnes et de déserts, les Yankees avaient installé quelques postes miniers sur le territoire de Mangas Coloradas qui tolérait la présence discrète de cette poignée de prospecteurs. Mais la poignée s'était multipliée comme une mauvaise herbe et, quinze années plus tard, un peu plus de trois cents chercheurs d'or abusaient, avec désinvolture et grossièreté, de la terre des Chihennes.

En 1858, la réouverture des mines de cuivre de Santa Rita del Cobre amena l'implantation d'une trentaine de familles de colons dans la large vallée du Mimbres, sur les terres indiennes, qui fondèrent Mowry City. La situation devint vraiment préoccupante pour les Apaches chihennes quand un filon d'or découvert dans les massifs montagneux de Pinos Altos, au nord-ouest de Santa Rita, vit la bourgade de Pinos Altos se gonfler comme un crapaud malade, avec toutes les nuisances que cela suppose.

Les mineurs devenus légion se comportaient en terrain conquis, montrant sans nuance leur mépris des Indiens qui, eux, s'évertuaient à les ignorer – noblesse oblige. Des colonies de paysans mexicains, fuyant la misère, vinrent s'installer autour de ces villes poubelles qui s'étendaient toujours plus loin en territoire chihenne. C'en était trop pour les Apaches. Mangas Coloradas, pressé par de jeunes guerriers ulcérés qui voulaient en découdre, posa le problème devant le Conseil des bandes réunies. Interminables palabres : évocation de la puissance de feu supérieure et du mépris des Blancs, du bétail volé par de jeunes Apaches, et de la difficulté de se battre sur deux fronts (mexicain et américain)... Mangas Coloradas, après avoir écouté pendant trois jours les récriminations des Chihennes sans intervenir, prit la parole :

— Les Américains sont un peuple violent, prêts à exterminer les Apaches pour occuper et salir la terre. Faut-il se battre ou parler ? Je n'ai pas encore décidé. Leurs armes sont puissantes et ils grouillent comme des lapins dans un champ de maïs...

— Les lapins ont raison de manger le maïs si le renard a perdu ses dents.

Geronimo, jusqu'à présent silencieux, venait de répondre avec sa cruelle sagacité. Revenu depuis peu dans le nord de l'Apacheria pour prendre épouse après dix ans de combats et de raids au Mexique, il était consterné par l'évolution de la situation et le changement de mentalité qu'il percevait chez un nombre croissant d'Apaches, déjà résignés. Les représailles d'Arizpe ne l'avaient pas guéri de sa haine, un ressentiment indéfectible, qui touchait à la répulsion. Amer, infatigable, il avait levé des partis de guerre et multiplié raids et pillages dans tout le nord du Mexique.

Instruit par la vie des effets ravageurs de la souffrance sur un caractère fort et mélancolique comme était celui de Geronimo, Mangas Coloradas préféra ignorer l'ironie de son compagnon d'armes, se contentant d'un vague haussement d'épaules avant d'ajouter qu'il allait se rendre, seul, à Pinos Altos pour sonder les Gratteurs-de-Montagnes.

— Ne va pas là-bas, père. Ne fais jamais confiance aux Bouches-Poilues.

Fatigué de voir couler tant de sang, le vieux guerrier ne voulait pas entendre Geronimo. Il savait que la paix avec l'Homme-Blanc, aussi médiocre et provisoire qu'elle fût, valait mieux que l'anéantissement de son peuple. Retarder l'échéance d'une destruction annoncée. Il espérait gagner du temps et éloigner les prospecteurs en jouant sur l'avidité, le véritable point faible de l'Homme-Blanc.

Quelques jours plus tard, seul et sans armes, Mangas Coloradas s'était rendu à Pinos Altos, où il avait visité plusieurs camps de prospecteurs, expliquant à qui voulait l'entendre que de nombreux gisements d'or et d'argent affleuraient les pentes d'autres montagnes, beaucoup plus loin, au nord-ouest de Santa Rita. Il vanta tant et tant la richesse de ces lointains gisements que les prospecteurs le soupçonnèrent de vouloir les éloigner de la protection de la cavalerie de Fort Webster afin de les massacrer. Mangas Coloradas s'efforça de démentir avec courtoisie les insinuations des orpailleurs. Très vite, les insultes succédèrent au ton de fausse politesse. La situation lui échappait, glissait vers l'affrontement physique : Mangas Coloradas tenta de s'éclipser. Déjà une dizaine de mineurs l'encerclaient, le bousculaient.

Maintenu fermement le ventre contre un arbre, on lui arracha sa chemise avant de l'attacher au tronc.

— On va te montrer, grand chef, comment on s'y prend ! Te gratter la couenne comme on gratte tes belles montagnes !

À tour de rôle, ils le flagellèrent à coups de fouet à bœuf. Le cuir déchira la peau, mutila chairs et muscles. Mangas Coloradas, tout son être concentré sur la vengeance, ne laissa pas échapper un cri. De la haine pour ignorer la douleur. De la haine pour oublier l'humiliation.

Ils frappèrent, encore et encore, longtemps après qu'il se fut évanoui. Enfin, lassés de torturer un homme inanimé, ils le jetèrent hors du camp, le faisant rouler sur le sol en pente jusqu'au lit rocailleux d'un arroyo asséché. Le laissant pour mort.

La fin de l'été allait laisser la place à un automne rouge. C'est par cet acte, plus odieux que cruel, que débuta un quart de siècle de guerres entre Chiricahuas et Américains.

Porté par une ténacité stimulée par le venin de la vengeance, Mangas Coloradas trouva l'énergie nécessaire pour rejoindre les avant-postes de sa rancheria. L'humiliation, la douleur du corps : il ne voulait rien oublier. Après de longues semaines de convalescence, il organisa la riposte. Cochise, son gendre – Das-Teh-Seh, sa première épouse, était la fille du chef chihenne –, lui apporta son aide. À cette époque, Cochise vivait en paix avec les Blancs plus loin, à l'ouest, dans les monts Dragoon. Les Apaches ne se représentaient pas les Américains en tant qu'entité fédérée ; ils les considéraient, à leur instar, comme une société composée de bandes autonomes. Cela explique que Cochise pouvait être en guerre contre les Blancs du Nouveau-Mexique, qui avaient humilié Mangas Coloradas, et vivre en paix avec ceux de l'Arizona à qui il n'avait rien à reprocher.

L'offensive apache débuta le 27 septembre 1860.

Pendant trois mois, le sud-ouest du Nouveau-Mexique plia sous les coups des guerriers de Mangas Coloradas, Cochise, Geronimo, Victorio et Loco. Une vengeance aveugle, bestiale, où personne ne fut épargné : mineurs, convois d'émigrants, Mexicains, soldats...

À la saison des arbres sans feuilles, tandis que Mangas Coloradas et sa bande menaient une guérilla sporadique dans la Sierra Mimbres, Cochise et Geronimo quittaient la région de Santa Rita pour prendre leurs quartiers d'hiver chez les Chokonens. Geronimo, qui venait d'épouser une proche de la famille de Cochise, s'était comme il se doit placé sous son autorité.

Depuis 1858, les diligences de la *Butterfield Overland Mail*[1], qui reliaient Lorsburg (Nouveau-Mexique) à Tucson (Arizona), traversaient le territoire des Chiricahuas-Chokonens avec l'autorisation et la protection de Cochise. La piste serpentait entre les monts Chiricahuas et Dos Cabezas en passant par Apache Pass, un col entouré de falaises et de replats rocailleux. La compagnie avait construit à cet endroit une petite station en pierre pour abriter employés, voyageurs et chevaux. Le voisinage de la source de la San Pedro leur fournissait l'eau nécessaire. Cochise avait exigé des Américains qu'ils installent leur relais à six cents mètres du torrent : « L'eau appartient à tout le monde, personne ne doit s'en emparer. »

Les hommes de Cochise ravitaillaient en

---

1. Ligne transcontinentale reliant le Missouri à la Californie en passant par le Texas et l'Arizona. Deux voyages par semaine dans les deux sens.

fourrage, bois et petits gibiers les employés civils de la station perdue au milieu de ces montagnes inhospitalières. Wallace, le gérant, que les Indiens surnommaient Doigts-Crochus, entretenait des rapports amicaux avec les Apaches. Il ne savait pas encore qu'il allait mourir d'horrible manière de la main de ses amis indiens à cause de l'imbécile obstination d'un jeune officier de l'armée américaine.

Comme toujours, c'est un incident insignifiant qui mit le feu aux poudres de l'Histoire. L'espace de liberté, si réduit fût-il, dans lequel Cochise et son peuple vivaient ne pouvait pas être toléré, à long terme, par une société industrielle en pleine expansion. La réduction, puis la destruction de ces poches de résistance au « progrès » étaient inévitables. Les politiques et les économistes savaient le passage obligé ; les militaires n'en étaient pas toujours conscients. Ce qui explique la naïve indignation de certains d'entre eux devant les traités bafoués et l'apparente incohérence de la politique indienne menée par l'Administration. C'étaient là des cas de conscience d'une autre époque, une époque révolue où l'économie moderne ne régissait pas toutes les passions. Ces officiers, à l'instar des bonnes consciences de la côte Est, auraient dû savoir qu'on ne peut servir deux maîtres à la fois et que la marchandise est un tyran particulièrement jaloux. L'incident, en l'occurrence, fut « l'enlèvement » du jeune Ward par une bande d'Indiens.

John Ward, propriétaire d'un petit ranch dans la vallée de la Sonoita, avait mauvaise réputation, celle d'un homme fourbe et brutal. Il vivait avec une Mexicaine, Jesusa Marinez, mère d'un garçon d'une dizaine d'années, fruit de sa captivité chez les Indiens Pinals. L'enfant s'appelait Mig-Gan'-La-Iae, ce qui signifie en langue apache : Le-Premier-et-Dernier. Ward le nomma Mickey, gardant les sonorités de son nom apache. Par la suite, à la fin des campagnes de Geronimo, le jeune Mickey Ward allait s'illustrer comme éclaireur et interprète sous le nom de Mickey Free.

Un jour qu'il était passablement ivre, Ward avait battu l'enfant un peu plus durement que d'ordinaire. Mickey s'était enfui et avait trouvé refuge auprès d'un petit groupe de Pinals qui campaient non loin du ranch. Les Indiens, chez qui l'enfant est roi, l'avaient emmené en faisant un détour par le ranch pour voler quelques têtes de bétail, avant de prendre la route du nord, vers les White Mountains. Ward, à peine dessoûlé, s'était rendu à Fort Buchanan, accusant les Chiricahuas de Cochise d'avoir kidnappé son fils et volé son bétail. Le colonel Morrisson, d'abord sceptique, se laissa convaincre par la véhémence de Ward et lui promit d'envoyer un détachement de cavalerie. Les effectifs manquaient, rien ne se passa pendant quelques semaines. Le gamin avait été adopté par une famille white mountains, loin au nord. Au début du mois de février, fatigué des incessantes injonctions de Ward, Fort Buchanan dépêcha un jeune sous-lieutenant fraîchement débarqué dans l'Ouest sauvage pour régler cette banale affaire qui ne nécessitait pas la présence d'un vétéran. Il s'appelait George Nicolas Bascom.

Une couche de neige épaisse recouvrait les monts Dragoon quand le détachement du sous-lieutenant Bascom prit position à Apache Pass. Montés sur des mulets et lourdement armés, les cinquante-quatre hommes du 7e régiment d'infanterie installèrent leur bivouac à l'abri du vent glacé, dans le cañon du Siphon, à une quinzaine de kilomètres du relais de diligences. Venant de Fort McLane, le sergent Robinson, à la tête de treize cavaliers, rejoignit le détachement de Bascom au fond du défilé. Prévenu par ses éclaireurs de la présence de soldats à Apache Pass, Cochise s'était présenté au relais à la nuit tombante. Wallace, sans lui en préciser la raison, l'informa que le lieutenant Bascom désirait le rencontrer. Cochise, qui ne se doutait pas des intentions belliqueuses de l'officier, se rendit au cañon du Siphon pour une visite de courtoisie, accompagné de son frère Coyuntura, de sa femme Nali-Kay-Deya, de son jeune fils Naiche, ainsi que de ses deux neveux, de jeunes guerriers.

Bascom, d'abord aimable, les invita à venir se restaurer. Tandis que les Apaches prenaient place à l'intérieur, les soldats encerclèrent discrètement la tente. D'emblée, Bascom accusa Cochise de l'attaque du ranch et le somma de rendre l'enfant et le bétail. Ward traduisait les paroles de l'officier en espagnol.

— Quel enfant ? Quel bétail ? s'étonna Cochise, placide.

Bascom irrité par ce calme qu'il prenait pour de l'impertinence, réitéra ses accusations. Comprenant de quoi il était question, Cochise, sur un ton serein, lui promit de se renseigner et d'user de son influence pour obtenir la restitution du garçon. Le sous-lieutenant Bascom, persuadé que Cochise cherchait à le duper, haussa le ton, l'insulte dans le regard :

— Cochise est un menteur et un voleur. Je vous garde prisonniers jusqu'à ce que l'enfant soit rendu.

D'instinct, Cochise s'était levé avant la fin de la phrase de l'officier, dans le même mouvement son poignard fendait la toile de tente et il plongeait dans la nuit, cassant le cercle des soldats pour disparaître derrière les rochers. Les soldats, surpris par la rapidité de l'action, firent feu avec un temps de retard. Une balle perdue traversa le gras de la cuisse de l'Apache.

Une heure plus tard, faiblement éclairée par un quartier de lune blanche, une silhouette se détachait sur les hauteurs du cañon. La voix de Cochise retentit au-dessus du campement en état d'alerte.

— C'est Cochise. Je veux parler à mon frère, Coyuntura.

En réponse, il reçut une salve désordonnée, les balles se perdirent dans la nuit. Cochise parla lentement pour limiter les effets de l'écho, une voix forte aux accents menaçants, elle disait :

— Le sang apache est aussi rouge que le sang des Yeux-Clairs. Les Chokonens sont injustement accusés, ils n'ont pas volé l'enfant. Le sang coulera pour les injures, le sang coulera pour ma blessure. Je reviendrai.

Le sous-lieutenant Bascom ne prit pas au sérieux la menace de Cochise. Comme de nombreux hommes de la côte Est, il pensait que les Indiens n'étaient que des sauvages hâbleurs, lâches et alcooliques.

Tard dans la nuit, au fond d'un vallon couvert de chênes-lièges, les guerriers chiricahuas rassemblés autour d'un feu attendaient la parole de Cochise.

— Wallace nous a trahis, les Tuniques-Bleues n'ont pas d'honneur. Nous les combattrons sans merci si les prisonniers ne sont pas libérés.

En fin de matinée, Cochise, accompagné de quelques guerriers en armes, se présenta au relais de diligences et ordonna à ses occupants de sortir. Wallace, suivi de ses deux employés, alla à la rencontre de Cochise, persuadé de pouvoir arranger les choses en discutant avec son ami apache. Il n'eut pas le temps de s'expliquer : l'arrivée inopinée du détachement du sous-lieutenant Bascom brouilla la donne, les Apaches ouvrirent le feu, les soldats répliquèrent. Dans l'extrême confusion qui s'ensuivit, les deux employés du relais furent tués par des balles perdues en tentant d'aller s'abriter. Les Apaches avaient eu le temps de neutraliser et d'entraîner Wallace dans les collines pierreuses avant de se regrouper sur les hauteurs, menaçants.

Mangas Coloradas et Victorio qui, entre deux raids, prenaient un peu de repos sur la paisible terre chokonen arrivaient par l'est à la tête d'une vingtaine de guerriers, bloquant l'accès au Fort Buchanan. Tout l'après-midi, les Apaches allaient maintenir la pression par des tirs sporadiques sur les soldats retranchés dans l'agence. Ils se retirèrent à la nuit tombée.

Une mauvaise nuit pour les soldats, une nuit apache rythmée par les tambours et les chants de guerre. Cochise n'était pas homme à laisser passer un tel affront. L'amertume liée au sentiment d'avoir été berné le poussait à la vengeance ; le risque de mettre la vie des siens en danger le retenait. Contre l'avis de ses guerriers, il opta pour la négociation : échanger sa famille contre Wallace.

Le lendemain matin, les sentinelles du 7ᵉ d'infanterie découvrirent sur la ligne de crête de la colline une centaine de Chiricahuas en armes, le visage peint, le torse nu malgré le froid, immobiles sur leurs chevaux. L'alerte fut donnée, Bascom se précipita, aboyant ses ordres.

La tête hagarde de Wallace apparut dans les jumelles de l'officier. Cochise, le visage strié de bandes rouges, jaunes et noires, leva la main ; un guerrier monté sur un magnifique cheval blanc s'avança vers les bâtiments du relais, entraînant Wallace par une corde passée en nœud coulant autour du cou.

Le guerrier arrêta son cheval à une centaine de mètres de l'agence avant de donner du mou à la corde tandis que Wallace, mains liées dans le dos, avança, titubant, sur une vingtaine de pas. Malgré l'évidente terreur dans ses yeux curieusement fixes, toutes les marques de l'espoir n'avaient pas déserté son visage ravagé. Wallace, obligé de hurler pour se faire entendre, grimaçait ses paroles :

— Mon lieutenant... Cochise ne veut pas la guerre... Vous devez libérer les Apaches... sa famille... sinon, ils vont me tuer... Mon lieutenant, il me laissera partir si vous libérez les siens... si vous...

— Je veux l'enfant Ward. Dites-le à Cochise ! Alors seulement nous ferons l'échange...

— Nom de Dieu ! il l'a pas, ce putain de môme !

À côté de Bascom, un soldat dans la position du tireur couché, le fusil pointé dans la direction de l'Apache au cheval blanc, murmura :

— Je l'ai, mon lieutenant. Je peux lui éclater la tête...

— Non. Wallace serait tué avant d'arriver au relais.

— Au moins, il a une petite chance de s'en sortir...

— Non, sergent.

Le sergent abaissa son arme et, réaliste, soupira :

— Avec vous, mon lieutenant, il est certain de crever. Je les connais, les Apaches... C'est vrai qu'ils sont cruels, mais ils ont le sens de l'honneur. Vous vous y prenez mal depuis le début avec Cochise, ça c'est sûr...

Bascom, bouche pincée, ne releva pas. C'est avec colère qu'il s'adressa à Wallace :

— Cochise est un menteur. Lui ou ses hommes sont coupables... Je ne partirai pas sans l'enfant Ward...

Wallace, découragé, se laissa tomber, les genoux dans la neige, au bord des larmes.

— Je vous en supplie, mon lieutenant... faites confiance à Cochise... Je le connais, il ne ment jamais... Ils vont me torturer à mort, mon lieutenant... je vous en supplie...

— Désolé, Wallace, je ne peux pas céder à ce chantage. Dans ce pays, c'est nous qui commandons, pas ces sauvages...

— Bascom, tu es un imbécile ! Bientôt tu commanderas à des cadavres ! hurla Wallace à bout de nerfs.

Le silence qui suivit avait la violence de celui qui suit la sentence d'une condamnation à mort. Bascom restait là, sans bouger, une éternité ; puis il posa un genou à terre et, les jumelles rivées aux yeux, observa la ligne apache, préoccupé, prisonnier de ses préjugés malgré des doutes qui commençaient à s'insinuer.

Wallace s'était relevé avec difficulté, des larmes mouillaient ses yeux. L'Apache au cheval blanc tira sur la corde avant de rejoindre au petit trot la ligne de crête. Wallace, obligé de courir pour ne pas se faire étrangler, trébuchait, retrouvait son équilibre et le perdait à nouveau ; un déséquilibre contrôlé par le cavalier. Pourtant, il aurait été préférable qu'il meure ainsi, une brève douleur qui lui aurait évité, plus tard, de terribles souffrances. Il connaissait assez les Apaches pour le savoir, mais il lui restait un peu d'espérance, cette amie perverse et ambiguë.

Les Apaches s'éloignèrent sans combattre.

Rien de notoire ne se passa durant la nuit, ni dans la matinée. Postés sur les hauteurs du défilé, quelques guerriers surveillaient les moindres mouvements de troupes autour du relais. Les soldats, en perpétuel état d'alerte, n'osaient pas s'aventurer au-delà de la source.

Depuis le début de l'après-midi, les éclaireurs de Cochise suivaient la lente progression de chariots de ravitaillement convoyés par huit Mexicains et trois Américains. Cochise monta une embuscade, décidé à intercepter le convoi avant qu'il n'atteigne Apache Pass. Les trois Blancs l'intéressaient. Le convoi peinait depuis deux bonnes heures sur les pentes de Sulphur Springs Valley quand les Apaches fondirent sur eux et les neutralisèrent en douceur. Les trois Américains furent épargnés, ils devaient servir de monnaie d'échange ; les huit convoyeurs mexicains attachés par les poignets aux roues des chariots périrent par le feu après avoir été torturés.

Non loin d'Apache Pass, Cochise accrocha à un buisson une lettre, dictée à Wallace, dans laquelle il proposait d'échanger les quatre prisonniers contre sa famille.

La lettre resta sans réponse.

Devant une impossible négociation et l'annonce de l'approche d'importants renforts, Cochise et ses hommes s'évanouirent dans les

Dragoon. Quelques jours plus tard, un détachement de l'armée qui patrouillait sur le versant ouest des monts Chiricahuas découvrit quatre corps mutilés ; on identifia celui de Wallace aux plombages en or de ses dents. On les enterra sur place, dans une fosse commune. Le sous-lieutenant Bascom ordonna qu'on pende le frère et les neveux de Cochise à de grands chênes près de l'endroit où les quatre suppliciés avaient été retrouvés. La femme et le jeune fils de Cochise furent relâchés.

Pour Cochise et les Apaches du Sud, la tragédie d'Apache Pass marquait un point de non-retour. Le poids de la confiance perdue rendait impossible la paix avec l'Homme-Blanc. Dans les deux mois qui suivirent, les guerriers chiricahuas tuèrent plus de cent cinquante personnes. Dix Blancs sacrifiés pour un Apache tué, avait juré Cochise.

Pendant plus d'une année, du Rio Grande au San Pedro, les Indiens vécurent au rythme de la guerre apache. Les diligences ne passaient plus par les monts Chiricahuas et les mineurs ne venaient plus souiller les montagnes de Santa Rita. L'armée reculait et l'espérance d'un monde sans les nuisances de l'Homme-Blanc revivait. Les Apaches ne savaient pas encore que leur victoire était provisoire : un petit répit que Sudistes et Nordistes leur accordaient, involontairement, pendant qu'eux-mêmes s'entre-tuaient dans leur grande guerre fratricide plus loin vers l'est.

En avril 1862, les avant-postes de l'armée confédérée sur le front ouest – qui tenaient les portes du sud de l'Arizona et du Nouveau-Mexique – reculèrent devant la menace d'une offensive des mille huit cents volontaires de Californie prêts à envahir l'Apacheria pour rejoindre le Texas. Les Apaches savaient que les troupes nordistes, pour atteindre au plus vite la vallée du Rio Grande, étaient obligées d'emprunter l'Apache Pass en traversant, et en « pacifiant », le territoire des Chokonens des bandes de Cochise puis, à l'est, celui des Chihennes des bandes de Mangas Coloradas. En coupant la route d'Apache Pass, les Apaches voulaient contraindre les Nordistes à gagner la vallée du Rio Grande par le nord, en passant par les monts Mogollon, sans faire intrusion dans le sud de l'Apacheria.

Cette bataille-là, les Apaches la perdirent. Une défaite emblématique qui montra l'évidence de la supériorité technique du monde industriel et des conceptions antinomiques de l'art de la guerre.

En cette fin d'après-midi de juillet 1862, les éclaireurs de Cochise observaient la colonne du capitaine Roberts, épuisée, assoiffée par une marche de quatre-vingts kilomètres sous un soleil implacable, qui s'approchait de la source de

San Pedro, non loin de la station de diligences d'Apache Pass, maintenant désaffectée. Les Apaches, en embuscade un peu avant l'accès au torrent, avaient laissé les trois éclaireurs pawnees de l'armée fédérale se désaltérer en toute tranquillité. Enfin, l'avant-garde nordiste s'annonça à la sortie du défilé. Les soldats exténués se précipitèrent vers l'eau avec avidité. Une pluie de flèches et de balles les arrêta, provoquant morts, blessures, affolement, tandis que, de part et d'autre de l'étroit défilé, les tirs apaches clouaient au sol le gros de la colonne. Les chevaux se cabraient, les hommes paniquaient, cherchant refuge derrière les rochers, sans pouvoir se défendre. Au même moment, à l'extrémité est du défilé, Mangas Coloradas et ses guerriers, ne voulant pas risquer de se faire prendre à revers, abattaient quatorze mineurs qui, pour leur malheur, se trouvaient là par hasard au mauvais moment.

Au fond du cañon, les soldats restaient à couvert sans avoir la possibilité d'organiser une contre-offensive. Le temps jouait pour les Apaches qui tenaient les hauteurs, coupant la route de l'eau. Le capitaine Roberts, après une difficile reprise en main de ses hommes, parvint à enrayer la panique, et ordonna qu'on redresse au plus vite deux des nombreux chariots que les soldats avaient renversés pour s'abriter. Protégés par un tir nourri dirigé vers les lignes apaches, les soldats s'acquittèrent de cette tâche dans l'urgence. Cochise, intrigué par l'attention particulière que l'officier portait à ces deux chariots, demanda à ses tireurs d'abattre l'officier en priorité. Mais le capitaine Roberts, à l'abri d'un chariot retourné, continuait à passer ses consignes.

Soudain un bruit de tonnerre, suivi d'un autre, se répercuta dans l'étroit défilé : des obus de douze livres explosèrent derrière les lignes apaches, tuant, blessant, mutilant des dizaines de guerriers en les criblant d'éclats. Les chariots transportaient des obusiers de montagne. La technologie allait gagner la guerre. Profitant de la stupeur des Apaches, le capitaine Roberts conduisit sa troupe hors du défilé pour prendre position autour du relais de diligences et du torrent.

La nuit venait, les Apaches s'étaient ressaisis et maintenaient la pression par des tirs sporadiques, annonciateurs d'une offensive massive. Malgré les risques d'une sortie, Roberts envoya une patrouille de six cavaliers chercher du renfort auprès de la colonne du capitaine Cremony qui devait camper à quelques heures de marche. La patrouille, immédiatement prise en chasse par une bande de Chihennes, fut anéantie à la sortie du cañon. Seul, un soldat résistait, à l'abri de son cheval mort. Un croissant de lune phosphorescent sur une multitude d'étoiles éclaircissait la nuit, les cavaliers apaches tourbillonnaient tout autour dans une ronde silencieuse. Le soldat tira au hasard. Un Apache s'effondra. Les guerriers l'entourèrent, le portèrent, disparurent dans la nuit claire. Le cavalier John Teal avait eu la chance de blesser le grand Mangas Coloradas.

Le lendemain matin, Cochise et ses cinq cents guerriers postés sur les hauteurs du cañon tentaient une dernière offensive, en vain, les obusiers restaient les plus forts.

Une dizaine de jours plus tard, le général Carleton et ses mille huit cents cavaliers entraient dans Apache Pass sans apercevoir l'ombre d'un Chiricahua. Le général laissa un détachement de soldats avec pour mission de construire un fort.

Fort Bowie, symbole de la puissance américaine érigé au cœur du pays des Chokonens, notifiait la fin réelle de la nation apache.

*

Geronimo, appuyé sur un coude, lève la tête, grimace de douleur. Sa femme se précipite pour l'aider, un œil noir l'arrête.

— Laisse, je ne suis pas encore mort !

Azul sourit de la mauvaise humeur du vieux guerrier. Un bon signe. Elle replace la couverture qui a glissé au sol, de la terre battue recouverte par endroits de peaux tannées.

— Il fait sombre, je ne vois pas qui est là, avec nous.

— Daklugie et Ramona, répond Azul.

Geronimo soupire, l'air satisfait ; il laisse retomber la tête sur l'oreiller en chuchotant :

— On est quatre... c'est bien comme ça...

Pendant quelques minutes, les paupières closes, il fredonne une mélopée sans paroles. Un long silence, le chant reprend, des mots viennent, murmurés :

« *O-Ha-Le O-Ha-Le O-Ha-Le O-Ha-Le...*
Quatre, chiffre sacré, pour nous, Indiens...
O-Ha-Le O-Ha-Le...
Quatre, comme les quatre directions,
l'Est, l'Ouest, le Sud, le Nord...
O-Ha-Le O-Ha-Le...
Quatre, mon chiffre magique.
Quatrième enfant de ma famille, je suis...
Ma famille, forte de quatre garçons,
de quatre filles.
Quatre de mes enfants tués par les Nakai-Ye[1]
Quatre prisonniers de guerre de l'Homme-Blanc...
Général Miles parle de hasard...
O-Ha-Le O-Ha-Le...

1. Nakai-Ye : Mexicains en langue apache (Nakai au singulier).

81

Moi, je sais que le hasard n'existe pas...
Quatre est mon destin...
O-Ha-Le O-Ha-Le... »

Le temps s'écoule entre silences et chuchotements. La voix se fait plus forte, douce et en-
rouée, pour un chant traditionnel. Poing serré,
Geronimo martèle l'armature en bois de son
lit, un rythme lent :

« O-Ha-Le O-Ha-Le
O-Ha-Le O-Ha-Le
Dans les airs, je m'envole
Porté par un nuage
Haut dans le ciel,
loin, loin, très loin
O-Ha-Le O-Ha-Le
O-Ha-Le O-Ha-Le
Je vais rejoindre le lieu sacré
Là-bas, je serai transformé
O-Ha-Le O-Ha-Le
O-Ha-Le O-Ha-Le... »

Ses lèvres ne bougent plus, le chant continue
dans sa tête, O-Ha-Le O-Ha-Le, le porte dans
l'Ancien Mexique. Dans les forêts de pins et de
chênes, à l'abri des peupliers qui bordent les
rivières, entre montagnes et déserts, prairies et
collines, pierres et saguaros, cañons et arroyos,
entre ciel, sable, sel et terre, avec le silence et
le vent déchaîné. Là où l'ocre, le noir, l'indigo,

le fauve, le vert et toutes les nuances du bleu, se disputent, s'affrontent, s'harmonisent, O-Ha-Le O-Ha-Le... Les gloussements des dindons sauvages qu'il aimait chasser à poney et le chuchotement des sources de montagne le bercent, l'apaisent, O-Ha-Le O-Ha-Le... Le goût sucré des shudocks[1] lui caresse le palais et dissout celui plus amer des tisanes de sauge que Juana, sa mère, le forçait à avaler quand l'air était trop vif, O-Ha-Le O-Ha-Le...

Épuisé, apaisé, Geronimo s'endort avec les odeurs de l'enfance. Mangas Coloradas vient le retrouver.

*

Mangas Coloradas, transporté à Janos où, sous la menace, un médecin mexicain l'avait soigné, s'était mal remis de sa blessure. Une année avait passé, il allait sur ses soixante-dix ans et la décrépitude du corps venait ; il se sentait vieux, fatigué et amer. Brisé. Les Blancs arrivaient, toujours plus nombreux, insolents, cupides, ne respectant rien. Mangas Coloradas savait, comme savaient beaucoup des siens, que le gouvernement américain avait parqué leurs frères navajos et mescaleros dans d'insalubres

_____
1. Shudock : mot apache, sorte de cerise sauvage.

réserves où les peuples perdaient leur âme. Ils savaient aussi que les Blancs étaient les plus forts. Pourtant Mangas Coloradas s'acharnait à croire que tous n'étaient pas aussi mauvais et brutaux que ceux qu'il avait rencontrés. Alors, quand une délégation de militaires et de mineurs porteurs d'un drapeau blanc l'avait invité à se rendre avec sa tribu à Apache Tejo – sur les terres ancestrales, au Nouveau-Mexique – pour vivre en paix et dans la dignité, le vieux guerrier s'était repris à espérer. Il avait rassemblé les bandes chihennes éparpillées dans le sud de l'Arizona afin de tenir un conseil et d'étudier les propositions de ces Blancs qui offraient la paix et la sécurité, des terres et des rations de farine de maïs, du bétail et des couvertures. Geronimo, toujours méfiant, s'opposa avec vigueur à ce retour sous surveillance. Débats, disputes, avis tranchés divisèrent la tribu. Les délibérations durèrent longtemps, le conseil décida qu'une partie de la tribu resterait en Arizona sous le commandement de Geronimo et que les autres iraient à Apache Tejo avec Mangas Coloradas. Si les Blancs respectaient le traité, la bande restée sous la responsabilité de Geronimo viendrait les rejoindre. La plupart des armes et des munitions furent données à ceux qui partaient pour qu'ils puissent faire face en cas de traîtrise.

Ce fut un voyage sans encombre pour ces

Chihennes fatigués de tant de traques, de combats et d'incertitudes. La méfiance que leur inspirait la proposition des Blancs perdurait sans cependant gâcher le plaisir de retrouver les sources chaudes d'Ojo Caliente. Mangas Coloradas installa sa bande dans les collines avoisinantes avant de rendre visite, sans escorte, au capitaine Shirland, un des membres de la délégation de paix. Et c'est en confiance qu'il avait suivi l'officier au sud de Santa Rita pour rencontrer le major général West à Fort McLane. Les Blancs avaient juré sur leur Dieu et sur la Constitution.

Dès son arrivée au fort, Mangas Coloradas acquit la certitude qu'il était tombé dans un guet-apens. Ce n'était pas tant les regards insolents et le mépris à fleur de peau des sentinelles, que la sensation physique d'une tragédie inéluctable. Intuition confirmée. L'officier supérieur, se moquant de la naïveté du vieux chef, l'accusa des pires atrocités avant de le confier à la garde de soldats en leur précisant, en anglais, que personne ne serait étonné d'apprendre que le prisonnier avait eu d'énormes difficultés à voir le soleil se lever. Mangas Coloradas n'avait pas eu le désir de protester. Une dignité dont l'officier n'avait que faire.

Quelques poussières d'étoiles éparpillées dans le noir donnaient de l'infini à la nuit. Un vent sec et glacial dissipait la chaleur du feu allumé

devant la tente réglementaire. Mangas Coloradas n'avait qu'une mince couverture pour le
protéger, il frissonnait sur le sol humide sans
trouver le sommeil. Il pensait avec amertume à
la terrible lucidité de Geronimo. Geronimo savait leur combat perdu d'avance, mais il se battait encore pour rester un Apache. Pour que les
Blancs qui volent tout ne lui volent pas aussi
son âme.

Quatre hommes veillaient dans l'ombre, ni
pires ni meilleurs que tant d'autres. Ils étaient
en mission. Un sale boulot à faire. Une corvée.
Deux d'entre eux, les soldats Collyer et Med,
s'étaient rapprochés du feu pour faire rougir la
pointe de leurs baïonnettes dans les braises ;
puis ils s'amusèrent à brûler les pieds et les
mollets dénudés du prisonnier. Un petit jeu
pour rire, des rires d'hommes simples et rudes
qui ne pouvaient se résoudre à abattre un
homme immobile. Mangas Coloradas, offensé,
ne se plaignait pas. Les rires le blessaient plus
cruellement que les brûlures. Les soldats insis-
taient, prenant un plaisir enfantin à voir s'agi-
ter les jambes du vieillard sous la torture. Une
sentinelle postée un peu plus loin, le soldat
Conner, n'osait pas intervenir, Collyer et Med
étaient des brutes.

— Arrêtez, je ne suis pas un enfant avec qui
on joue !

La réaction du vieux chef les fit rire de plus

belle. Ils recommencèrent, à plusieurs reprises, étonnés de la résistance du vieil homme à la douleur.

— Mais oui grand-père, tu y retournes, en enfance ! Et bientôt, tu vas même le retrouver, le ventre de ta mère. La terre, c'est bien votre mère, à vous les Peaux-Rouges, hein ?

Le jeu devint plus drôle quand le soldat Med lança un tison sur les genoux du prisonnier qui, surpris, se redressa brusquement. Un geste de rébellion. Quatre balles tirées au jugé le terrassèrent, deux autres tirées à bout portant le rendirent à la terre pour l'éternité. Les soldats avaient rempli leur mission. Ils laissèrent le cadavre du chef apache seul avec les étoiles. Dasoda-Hae allait retrouver le Peuple-de-l'Ombre.

Le soldat Collyer, dans son rapport au capitaine, nota que le prisonnier avait tenté de s'évader et qu'ils avaient été obligés de l'abattre. Le rapport de la sentinelle Conner au sergent de service se consuma dans une quelconque cheminée.

Au petit matin, le soldat Wright prit le scalp du vieux chef avant que cinq de ses camarades ne l'enterrent. Au même moment, un détachement de cavalerie de Fort McLane attaquait le campement du clan de Mangas Coloradas, qui attendait dans l'angoisse le retour de son chef, et tuait une douzaine d'Indiens avant de les scalper. Les femmes et les enfants ne furent pas épargnés.

Quelques jours plus tard, l'armée ordonna l'exhumation de la dépouille de Mangas Coloradas : on lui coupa la tête, puis on l'ébouillanta avant de l'envoyer à un phrénologue réputé, le professeur Fowler. Le cadavre décapité fut abandonné aux rats, dans un des fossés de Fort McLane.

Le rapport officiel du major général West à l'état-major disait : « J'ai placé sept soldats, dont un officier assermenté, près de Mangus Colorado [1] afin qu'il ne s'évade pas. Il avait été capturé par mon détachement au cours d'une bataille contre mes soldats. Il fut tué vers minuit alors qu'il tentait de fuir. »

En Arizona, Geronimo et le reste de la tribu chihenne attendirent en vain des nouvelles de Mangas Coloradas et de sa bande. Peu armée, traquée par les Tuniques-Bleues et les prospecteurs, la bande de Geronimo alla se réfugier au sud des monts Chiricahuas. Quand ils apprirent dans quelles conditions Mangas Coloradas avait été assassiné, le dégoût et la haine l'emportèrent sur la tristesse. Victorio et Loco, élus par la tribu, prirent la direction des Chihennes tandis que Geronimo rejoignait le clan de sa femme chez les Chokonens.

---

1. Les Américains l'appelaient ainsi.

Cochise, scandalisé et attristé par la mort de son beau-père, lança ses trois cents guerriers en plusieurs groupes autonomes qui semèrent la terreur et la désolation en Apacheria. Et pendant dix longues années, le noble Cochise se transforma en tueur sans pitié.

*

La pluie a cessé. Aux abords de la cabane une multitude de silhouettes émergent des brumes matinales. « Geronimo est à l'agonie... c'est la fin... » Dans la nuit, la nouvelle courut dans les baraquements indiens de Fort Sill et des dizaines d'Apaches sont venus. Ils se tiennent devant la cabane du vieux guerrier, silencieux, assis autour de maigres feux. À l'intérieur, des femmes et des enfants assis sur le grossier plancher entourent le lit où il repose, la tristesse et la fatigue se lisent sur les visages, les femmes l'ont veillé toute la nuit. Un nourrisson pleure, sa mère lui donne le sein.

Soudain, la voix de Geronimo couvre le ronronnement du poêle, une voix forte d'homme en colère :

— Mangas... mon père... ils t'ont tué comme une bête enragée. Mangas, ils t'ont sali !

Épuisé, il se tait. Les yeux se ferment, la respiration se fait chaotique, puis imperceptible.

Son visage tendu ressemble à un masque mortuaire.

Azul s'approche, inquiète.

L'ombre de la mort est là, l'ombre vacille, peu à peu se dissout. Geronimo ouvre les yeux, tourne la tête et aperçoit un enfant qui s'étire en bâillant. Il l'appelle :

— Go yah kla[1]... Goyahkla... viens près de moi...

Le gamin, intimidé, s'approche. Geronimo lui fait signe de s'asseoir.

— Dis-moi, tu connais l'histoire de l'Enfant-de-l'Eau ?

— Oui, grand-père, je la connais... tu me l'as souvent racontée... Je veux bien l'entendre encore.

— Comme tu voudras, mon enfant... Mais avant, qu'on me donne un peu d'eau...

Azul s'empresse de le servir, il boit avec avidité.

« Au commencement, le monde appartenait aux ténèbres et ne connaissait ni le soleil ni le jour. Dans cette nuit éternelle, la lune et les étoiles n'existaient pas. Cependant, toutes sortes de bêtes et d'oiseaux vivaient. Parmi ces bêtes, se trouvaient des monstres trop hideux

---

1. Celui-qui-bâille. Nom apache de Geronimo.

pour qu'on leur donnât un nom... Et aussi un dragon, des lions, des ours, des loups, des renards, des castors, des lapins, des écureuils, des rats, des souris et toutes sortes de bêtes rampantes telles que lézards, serpents et scorpions. Dans ce monde, les hommes ne pouvaient croître car les bêtes et les serpents dévoraient leurs enfants. Toutes ces créatures, pourvues d'intelligence, possédaient également la parole et appartenaient à deux grandes tribus : la tribu des Oiseaux, qu'on appelait aussi la tribu des Plumes, et la tribu des Bêtes. La tribu des Plumes voulait que la lumière éclaire le monde, mais les Bêtes refusaient.

Comme les Oiseaux étaient fatigués d'essayer de convaincre les Bêtes, l'Aigle – le chef de la tribu des Oiseaux – décida de prendre le sentier de la guerre.

Les Bêtes étaient armées de bâtons et de pierres ; les Oiseaux, eux, connaissaient l'usage des arcs et des flèches. La tribu des Oiseaux était la plus forte, la plus courageuse... Mais le combat fut difficile car les Bêtes possédaient de bonnes magies. Les serpents étaient tellement rusés que beaucoup parvenaient à s'échapper, on peut encore voir maintenant l'œil changé en pierre brillante de l'un d'eux qui avait cherché refuge dans une falaise de la Sierra. Quant aux ours, ils se multipliaient quand on les tuait. La guerre fut longue et difficile.

Un monstre, tellement hideux et cruel qu'il n'avait pas de nom, était insensible aux flèches. Alors l'Aigle prit une grosse pierre ronde entre ses serres et s'envola très haut dans les ténèbres, puis il lâcha la pierre qui écrasa la tête du monstre sans nom. La pierre qui avait permis à la tribu des Oiseaux d'être victorieuse devint sacrée.

Il restait bien quelques bêtes malfaisantes comme le Dragon avec son corps recouvert de trois couches d'écailles cornées qui le rendaient invulnérable, mais les Oiseaux furent assez forts pour dominer au Conseil des animaux et imposer à tous la lumière. Enfin les hommes allaient pouvoir vivre et se développer. Les hommes portèrent des plumes d'aigle comme symbole de la sagesse, de la justice et des Pouvoirs à la mémoire de celui qui les avait sortis des ténèbres.

Dans notre région peuplée de montagnes et de déserts, il ne restait que deux humains en vie. Un homme et une femme de sa famille. La femme s'appelait Femme-Peinte-en-Blanc. Elle avait eu de nombreux enfants, mais tous avaient été dévorés par des bêtes, surtout par le Dragon, la bête la plus rusée et la plus féroce, avec sa faim d'enfants insatiable.

De nombreuses lunes plus tard, Femme-Peinte-en-Blanc mit au monde un garçon qu'elle appela Enfant-de-l'Eau, car son père était une pluie d'orage. Elle cacha l'enfant dans un profond souterrain qu'elle avait creusé. Elle entretenait un grand feu à proximité pour couvrir les odeurs et dissimuler aux bêtes malfaisantes l'entrée qu'elle avait rebouchée. Et, toutes les nuits, quand le feu se mourait, elle descendait voir l'enfant et le nourrissait de son lait, puis elle remontait alimenter le feu. Le Dragon venait lui rendre visite souvent, étonné qu'elle n'ait plus d'enfants, car là était le sort de cette femme, et la menaçait des pires tortures pour qu'elle en fasse d'autres.

Le temps passait, Enfant-de-l'Eau devenait de plus en plus robuste et commençait à se trouver à l'étroit dans son trou. Il avait besoin de courir et de jouer. Alors, de temps en temps, il quittait le souterrain et, en se faisant aussi discret que le vent, partait seul dans la forêt. Le Dragon avait fini par repérer des traces de pieds d'enfant sur la terre molle. Alléché, il chercha pendant des jours la cachette de l'enfant. Furieux de ne rien trouver, il vint menacer Femme-Peinte-en-Blanc de la dévorer si elle ne lui révélait pas l'endroit où son enfant se cachait. Terrorisée, elle lui jura qu'elle n'avait pas d'enfant... qu'il les avait tous mangés... qu'il s'agissait sans doute d'un enfant venu d'ailleurs... Femme-Peinte-en-Blanc ne savait pas bien mentir et le Dragon fit semblant de la croire. Il se doutait qu'elle aurait de plus en plus de mal à tenir son fils enfermé. La jeu-

nesse a besoin d'espace et de la lumière du soleil. Une lumière qui risquait de le perdre.

Un soir, Enfant-de-l'Eau dit à sa mère qu'il
voulait aller chasser au grand jour avec son
oncle. Femme-Peinte-en-Blanc refusa et lui
parla pour la millième fois du Dragon et des
autres bêtes féroces qui rôdent dans la forêt.

"Mon oncle m'a donné un arc et des flèches,
je peux me défendre, répondit le jeune garçon.

— Tes flèches ne feront aucun mal au Dragon, il te mangera comme il a mangé tes frères et
tes sœurs", dit la mère de plus en plus inquiète.

Enfant-de-l'Eau regarda longuement sa mère
avant de dire : "Demain, j'irai."

Le lendemain matin, un peu avant le lever du
soleil, Enfant-de-l'Eau et son oncle se mettent en
route. Ils suivent la piste d'une bande de daims,
loin dans la montagne. Une longue traque qui les
mène à une haute falaise boisée. Le jeune garçon
tue un jeune mâle. Son oncle lui montre comment dépecer le daim et cuire la viande. Après
avoir préparé et fait griller deux cuissots, ils les
disposent sur d'épais buissons pour les laisser re-
froidir. Soudain, la forêt devient muette, le Dragon apparaît à l'orée de la clairière. Enfant-de-
l'Eau le regarde s'approcher sans trembler tandis
que son oncle ne peut ni parler ni bouger. Le
Dragon prend le cuissot destiné au jeune garçon,
le pose sur un autre buisson et va s'asseoir tran-
quillement à côté.

"Hum, voilà l'enfant que je cherchais depuis si longtemps, dit le Dragon. Tu es beau et bien dodu. Quand j'aurai fini ce cuissot, je me ferai un plaisir de te dévorer tout cru.

— Tu ne me mangeras pas, comme tu ne mangeras pas de cette viande", dit Enfant-de-l'Eau d'un air résolu. Et il vient à côté du Dragon, reprend la viande qu'il rapporte à sa place, sur l'autre buisson.

"J'aime ton courage, garçon. Mais tu n'es qu'un insensé. Que peux-tu faire pour m'en empêcher ?

— Je ferai ce qu'il faut", répond le garçon.

Alors le Dragon ramène la viande sur son buisson. Agile et rapide, le garçon reprend la viande et la place sur le sien. Le Dragon, lui aussi, est agile. Alors se déroule une danse étrange composée de huit va-et-vient entre les deux buissons. Quatre pour chacun. La viande est près d'Enfant-de-l'Eau.

"Dragon, veux-tu te battre avec moi ?"

Amusé, le monstre accepte le combat et lui laisse le choix des armes. Après un long silence durant lequel les regards se sont affrontés, Enfant-de-l'Eau dit :

"Je vais me placer à cent pas de toi et tu auras droit à quatre flèches. Si aucune ne me touche, je prendrai ta place et j'aurai droit aussi à quatre flèches pour tirer sur toi.

— Nous pouvons commencer", dit le Dragon avec confiance.

Tandis que Enfant-de-l'Eau compte les cent pas, le Dragon prépare son arc et ses flèches : un arc taillé dans un grand pin et des flèches de plus de huit pas de long.

Enfant-de-l'Eau est maintenant en place.

Le Dragon vise, lâche sa flèche. Au moment où la flèche part dans les airs, le garçon bondit vers le ciel en poussant un petit cri et se retrouve suspendu à un arc-en-ciel, tandis que la flèche se brise en de nombreux morceaux. L'arc-en-ciel disparaît et Enfant-de-l'Eau regagne sa place.

Quatre fois cette magie se répète.

Maintenant, c'est au tour d'Enfant-de-l'Eau de décocher ses quatre flèches.

"Ce ne sont pas tes misérables flèches qui arriveront à percer ma corne, dit le Dragon. Et n'oublie pas que j'en ai encore deux autres couches dessous. Tu peux tirer, je suis prêt."

La première flèche du garçon atteint le Dragon en plein cœur, la première couche d'écailles de corne tombe.

À la deuxième flèche, la deuxième couche d'écailles devient poussière de corne.

À la troisième flèche, la dernière couche d'écailles tombe : le cœur du Dragon est à nu.

Maintenant le Dragon connaît la peur.

Fuir est impossible, il risque de perdre beaucoup plus que la vie.

Au moment de décocher sa quatrième flèche, Enfant-de-l'Eau remarque que l'oncle, terrifié, n'a toujours pas bougé. Il lui dit :

"Oncle, ta peur va te tuer... Si tu restes à cette place, le Dragon risque de t'écraser."

Tandis que l'oncle s'éloigne en courant, Enfant-de-l'Eau lâche sa dernière flèche.

Elle traverse le cœur du Dragon.

Un énorme rugissement retentit, le Dragon s'effondre gueule en avant, roule sur le côté, dégringole le flanc de la montagne, glisse le long de quatre précipices et s'arrête dans un cañon.

Le silence s'installe.

De gros nuages d'orage s'amoncellent au-dessus des montagnes, des éclairs déchirent le ciel, le tonnerre résonne dans les vallées et la pluie se déverse comme mille torrents au printemps. Enfin, les nuages quittent le ciel. Loin, au fond du cañon, on peut voir les débris de la carcasse du Dragon parmi les rochers. Ses os sont encore gravés dans la roche.

Après cela, Enfant-de-l'Eau a pris pour nom N'de qui deviendra celui de notre peuple, les Chiricahuas. Le Donneur-de-Vie[1] lui enseigna

1. Donneur-de-Vie : *Usen* en langue apache, le Créateur ; l'équivalent de Dieu dans les religions monolithiques, il ne se mêle pas des affaires humaines.

la préparation des herbes, la chasse et la guerre. Il fut le premier chef des Apaches et portait des plumes d'aigle pour figurer la Justice, la Sagesse et les Pouvoirs. Usen lui donna pour territoire, à lui et à son peuple, les montagnes et les sources du Sud-Ouest... Elles sont devenues la chair des Chiricahuas. »

Pendant son monologue, Geronimo a gardé les yeux fermés. Maintenant, il se tourne vers le gamin, le couve d'un regard bienveillant.

— La dernière fois que tu me l'as raconté, Grand-Père, ce n'était pas son oncle mais son frère, et Enfant-de-l'Eau s'appelait Tueur-d'Ennemis.

Geronimo ne répond pas mais son sourire est espiègle. Ses paupières se referment, il se laisse aller à d'autres souvenirs.

*

1865, la guerre de Sécession prend fin, avec la victoire prévisible du Parti de l'économie moderne. Pour que le règne de la « marchandise industrielle » puisse se développer dans l'harmonie, il restait à régler de manière définitive la question indienne. Des Indiens qui voulaient le rester : Cheyennes, Sioux, Nez-Percés, Arapahos, Apaches... Des vestiges vivants et actifs d'un monde jugé dépassé qui – de par son existence même (son exemple) et les désordres que ce mode de vie pouvait engendrer – risquait de freiner l'essor de cette société dite de progrès et de civilisation. La politique de grand nettoyage nécessitait la présence massive de forces armées dans l'Ouest sauvage, notamment dans le Sud-Ouest, territoire des Apaches en révolte depuis une décennie. Une multitude de forts jalonnaient le territoire des Chiricahuas et de ses environs dans un quadrillage serré qui montrait une volonté tactique d'éliminer les bandes les unes après les autres.

Sur les terres des Chokonens de Cochise, Fort Bowie tenait l'Apache Pass, et à l'est, sur celles des Chihennes de Victorio, les forts Cummings, McLane et Bayard avaient vu leurs effectifs augmenter. Pourtant, les Apaches restaient insaisissables, pugnaces, avec cet orgueil teinté de dérision et de fatalisme face au désir de destruction de l'Homme-Blanc. Soumettre un peuple de guerriers qui pratique la guérilla dans les montagnes n'est pas chose facile, et, hors d'un périmètre assez réduit autour des forts, la terreur et la désolation régnaient. Les raids meurtriers de Cochise, Victorio, Nana, Ponce et Geronimo provoquèrent l'exode des Blancs ainsi que l'abandon de la majorité des ranchs au sud de la Gila. Tubac prit l'aspect d'une ville fantôme, et Tucson, avec son allure de camp retranché, voyait sa population se réduire à moins de deux cents âmes. L'armée américaine, incapable de vaincre les Chiricahuas par les armes, avait tenté à plusieurs reprises de jouer la carte de la négociation. En vain. Les rebelles, trop souvent trahis dans le passé, refusaient les ouvertures de paix. Cochise, très affecté par la pendaison de son frère et l'assassinat de Mangas Coloradas, était devenu la figure emblématique du refus. Enfermé dans le cycle infernal de la vengeance et des représailles, il combattrait les Blancs sans répit, avec sauvagerie, par des actions de guérilla incessantes. Désigné comme l'ennemi public de l'Amérique, sa réputation de guerrier cruel – comme plus tard celle de Geronimo – franchit frontières et océans.

Militairement, les Apaches furent rarement vaincus. L'art de la guerre chez les Apaches a peu de rapport avec le folklore cinématographique. Il obéit à deux principes : engager le combat quand la victoire est quasi certaine et surtout éviter les pertes humaines. Voilà pourquoi la ruse et les talents de tacticien étaient les premières qualités d'un guerrier ; le courage et l'endurance allaient de soi.

Durant cette période, la plupart des Chiricahuas se battaient aux côtés de Cochise contre les Américains, ce qui ne les empêchait nullement, à l'instar de Juh et de Geronimo – l'ennemi public au Mexique, dont la tête était mise

à prix sous le nom de *Geronimo*, *el Diablo* –,
d'effectuer de fréquents raids dans le nord du
Mexique. Mais la poussée des immigrants, un
temps stoppée par la pression apache, reprit de
plus belle, et, cinq années plus tard, la population civile de la région était dix fois plus im-
portante que celle des Indiens. Cochise, réaliste, savait que la résistance la plus acharnée
ne pouvait inverser le cours de l'Histoire.
Pourtant, le pardon était inconcevable et la
simple idée d'une réconciliation le dégoûtait.
Seul, un homme de cœur pouvait l'aider à sur-
monter sa répugnance.

En avril 1870, les sentinelles de Cochise lui
signalèrent qu'un Blanc évoluait, seul, sur leur
territoire, allumant des feux pour indiquer sa
présence. Intrigué par le courage, ou l'incons-
cience, de ce cavalier solitaire, Cochise avait
ordonné à ses guerriers de l'épargner. L'homme s'enfonçait de plus en plus profondément
dans les monts Dragoon. Il le regardait avec
curiosité avancer, cañon après cañon, vallée
après vallée, crête après crête, vers la citadelle
des Chiricahuas. L'homme s'appelait Jeffords.
Éclaireur pendant la guerre de Sécession, con-
ducteur de diligences puis inspecteur des Postes US, il avait perdu vingt-deux convoyeurs,
tués par les guerriers chiricahuas. Jeffords
n'était pas homme à renoncer ; il restait per-

suadé qu'il existait un moyen de traverser les terres indiennes sans risquer la vie de ses convoyeurs. Même ses ennemis reconnaissaient la loyauté et le sens de l'honneur de Cochise. Avec un tel caractère, il était possible de s'entendre, pensait Jeffords qui avait entrepris ce hasardeux voyage, convaincu que la solution passait par un « vrai » dialogue. Sa sensibilité, peu éloignée de celle d'un Indien sauvage, ajoutée à une connaissance de la langue et des coutumes apaches favorisaient les chances de réussite d'une démarche que ses rares amis à Tucson jugeaient suicidaire.

Jeffords, à présent escorté d'une vingtaine de guerriers silencieux, fit son entrée dans la rancheria. Après avoir déposé ses armes dans un wickiup occupé par des femmes et des enfants, il s'avança, seul, vers Cochise qui l'attendait, bras croisés sur la poitrine. Il affronta pendant un long moment son regard impassible avant de lui dire, en langue apache :

— J'ai laissé mes armes à tes femmes pour qu'elles me soient rendues quand j'aurai parlé avec toi.

— Es-tu certain de repartir ?

— Je ne pense pas que Cochise puisse se tromper sur un homme. Je suis venu vers toi, seul. Contre l'avis de tous...

Pas d'impudence dans le comportement de ce Blanc, se dit Cochise, mais une attitude courageuse. Il l'invita à entrer dans son wickiup pour partager son repas. Ce Blanc méritait qu'on l'écoute.

Sans préambule, Jeffords lui demanda l'autorisation de laisser passer ses convoyeurs à travers le territoire des Chiricahuas. Il lui précisa qu'il n'avait rien à lui offrir en contrepartie. Rien. Peut-être son amitié ?

— Je serais stupide d'accepter, dit Cochise. Les diligences portent des messages de guerre aux militaires qui se battent contre mon peuple.

— Non, Cochise, les militaires ne confient jamais leurs messages à des civils. Ils utilisent un courrier spécial de l'armée.

— Pourquoi épargnerais-je tes hommes ? Vous tuez la vie partout où vous passez, vous ne supportez pas qu'on soit comme le vent dans les montagnes. Je sais que mon peuple n'a rien à attendre des Blancs. Avec vous, l'Apache, pour rester vivant, doit renoncer à être apache. Vous ne respectez rien, pas même vous.

Un long silence suivit ces paroles que Jeffords aurait pu prononcer. Exprimer sa complicité lui semblait inutile. Cochise avait compris.

— Laisse-moi réfléchir, dit Cochise. Quand tu partiras, je te donnerai ma réponse. En attendant, tu es le bienvenu.

Pour les Indiens, il y a de l'inconvenance

dans la précipitation. Il est nécessaire de prendre le temps de se plonger dans l'état d'esprit qu'exige la situation pour contrôler l'émotivité, ensuite réfléchir, et arrêter une décision. Agir devient alors une évidence. Quelques jours plus tard, un conseil réunissait les bandes d'Apaches chokonens tandis que Jeffords, laissé à l'écart, se promenait librement dans la rancheria en compagnie d'une nuée d'enfants. Les Apaches le surnommaient *Taglito*, Barbe-Rousse, vu la pilosité d'un blond vénitien qui lui mangeait le visage. Les débats avaient duré toute la journée. Tard dans la soirée, la tribu rassemblée autour d'un grand feu chantait et dansait. Quand Cochise fit entrer Jeffords dans le cercle, les tambours se turent. Cochise, debout au centre du cercle, s'adressa à l'assistance :

— J'ai été l'ami des Blancs et, comme les Mexicains, ils m'ont trahi. Les Blancs sont des menteurs... L'homme qui ment vit à côté de lui-même. Le conseil a décidé que les Chiricahuas resteraient sur le sentier de la guerre...

Les guerriers lancèrent leurs cris de guerre ; les femmes, des youyous perçants. Jeffords ne se sentait pas en danger, mais il commençait à douter de la réussite de son entreprise.

Cochise lui fit signe de se lever.

— Mon ami Taglito est un Blanc, mais il ne vit pas à côté de lui-même. Je peux voir sur son visage et dans son cœur que c'est un homme bon, brave et de parole. Lui et sa bande de la poste pourront traverser en toute sécurité notre territoire... Le conseil en a décidé ainsi.

Ce fut le début d'une singulière et profonde amitié entre les deux hommes. Et l'on put voir le spectacle étrange de guerriers chiricahuas escorter, de loin, les convoyeurs de Jeffords tandis que les mêmes guerriers massacraient les autres Blancs qui osaient s'aventurer hors des villes et des forts.

Le règlement de la question indienne s'enlisait dans cette sale guerre nuisible à l'expansion de l'économie. Les bonnes consciences de la côte Est commençaient à s'émouvoir du sort des laissés-pour-compte de la conquête de l'Ouest. Le président Grant, le nouveau locataire de la Maison-Blanche, se montrait plutôt favorable à une solution pacifique pour régler la question apache. En 1871, il envoya dans l'Ouest Vincent Colyer, un homme honnête, sensible aux malheurs des minorités. Le Congrès avait voté des crédits conséquents qui lui donnaient les moyens d'une politique de création de réserves implantées sur les territoires ancestraux des différentes bandes. Malgré l'hostilité de la communauté blanche et l'opposition à peine voilée des militaires commandés par le général Crook, Vincent Coyler visita les

diverses tribus du Sud-Ouest où il reçut les doléances de la plupart des chefs, à l'exception de
celles des Chiricahuas. Face à la tragique réalité
de la destruction du mode de vie indien, Coyler n'avait aucune solution de fond à proposer,
si ce n'était « l'humanisation » des conditions
de survie des vaincus. Le dialogue allait bon
train ; mais quelques mois plus tard, le massacre de la diligence de Wickenburg imputé à des
Apaches (en vérité des bandits mexicains)
amena Washington à précipiter le processus de
paix par la mise en service immédiate des réserves ; les réfractaires devant être considérés
comme hors-la-loi et traités comme tels.

Le général Crook, soutenu par la population
blanche, interpréta à sa manière cette décision fédérale : il lança un ultimatum aux diverses bandes tout en organisant les préparatifs
d'une campagne de guerre. Le général Crook,
qui plus tard modifiera son jugement, restait
persuadé qu'il fallait éliminer par la force les
Indiens hostiles. Partant du constat que seul un
Apache peut pister un autre Apache, il recruta
des éclaireurs apaches – qu'on appelait des
« scouts » – et, jouant habilement sur les luttes
tribales et les clans, il en fit de fidèles et redoutables combattants à son service. Pour traquer
ces insaisissables ennemis, le général Crook
abandonna les lourds chariots de ravitaillement
pour des mules de bât plus mobiles et adopta

une stratégie de contre-guérilla en utilisant intensivement les scouts-apaches. Comme l'écrivit son aide de camp : « À moins que les sauvages ne soient embusqués en face d'autres sauvages, le soldat blanc est surpassé, fatigué, feinté, pris en embuscade puis tué. »

Alerté par des rumeurs de solution expéditive dans l'Ouest sauvage, le président Grant dépêcha en Arizona une « colombe » – le général Howard – avec les pleins pouvoirs pour négocier au mieux. On le surnommait Howard-la-Bible, parce qu'il la citait à tout propos. Soldat émérite et humaniste naïf, il reçut la plupart des chefs apaches à Camp Grant. Seul, Cochise déclina l'invitation ; il continuait, en compagnie de Geronimo, ses raids fructueux au Mexique comme en Arizona. Crook, le subordonné du général Howard, rêvait de capturer Cochise. Persuadé que Washington ne pouvait laisser impunies de telles exactions, il se préparait à passer à l'offensive. Contre toute attente, Washington persista dans la voie de la négociation, autorisant le général Howard à nouer le dialogue avec le chef des Chokonens afin de trouver une solution honorable : la paix des braves.

Établir le contact avec Cochise n'était pas chose aisée. Le général Howard demanda à Jeffords d'intercéder en sa faveur. Cochise accepta l'idée d'une rencontre, à certaines conditions. Le général devait se rendre seul et sans armes dans les monts Dragoon, escorté par Chee, un neveu de Cochise, et Ponce, un de ses proches. Mais Ponce, parti en raid de l'autre côté de la frontière, restait introuvable ; et le départ de l'expédition fut retardé de quelques semaines. Le général Howard, bien obligé d'attendre, apprenait ainsi le « temps apache ».

À l'aube du 20 septembre, une troupe disparate – Jeffords, le général Howard et Chee, suivis du capitaine Sladen, de deux muletiers et d'une ambulance militaire – prenait la route pour une expédition de plus de trois cent vingt kilomètres en terrains montagneux et semi-désertiques. Ponce et deux guerriers chiricahuas les rejoignirent peu avant Silver City où ils manquèrent d'être lynchés par la population tant la haine envers les Chiricahuas était viscérale. Dans les monts Dragoon, après avoir franchi Apache Pass en direction de l'ouest, la troupe s'arrêta pour la nuit à l'entrée d'un cañon où coulait un maigre ruisseau.

Le lendemain matin, au moment de lever le camp, les deux guerriers de Ponce se pressèrent d'étendre une couverture sur la rive sablonneuse du ruisseau. Le glapissement répété d'un coyote ne semblait pas étranger à leur initiative. Le général Howard, que ce petit manège rendait perplexe, cherchait une explication dans le regard de Jeffords qui se contenta de hocher la tête.

— À quoi jouent-ils ? demanda Howard vaguement irrité.

— Le coyote m'a tout l'air d'être enrhumé ! dit Jeffords en souriant.

Au loin, sortant du cañon, un cavalier venait vers eux. Il avait le visage peint en noir et vermillon.

— Juan, le frère de Cochise, dit Jeffords.

Un long moment passa avant qu'un groupe de cavaliers au petit galop ne débouchent du cañon. À sa tête, Cochise, que suivait à quelques pas une petite troupe de guerriers, de femmes et d'enfants, dont son fils Naiche, sa sœur et sa plus jeune femme.

Ils descendirent de cheval. Cochise salua affectueusement Jeffords avant d'échanger une poignée de main avec le général Howard. Cochise ne sembla pas remarquer le bras amputé du général, un bras perdu à la bataille de Fair Oaks. Les deux hommes s'installèrent sur la couverture tandis qu'hommes, femmes et enfants formaient un cercle autour d'eux. Jeffords servait d'interprète.

— Le Président m'envoie pour faire la paix. J'ai plein pouvoir pour faire cela.

— Autrefois nous étions un grand peuple, dit Cochise, et nous vivions en paix dans ces montagnes. Nous vous avons accueillis avec bonté... C'est vous, les Américains, qui avez commencé la guerre... Vous avez pendu mon frère et mes deux neveux... Vous avez honteusement assassiné le grand Mangas Coloradas... et maintenant vous tirez à vue sur les Apaches comme le font les Mexicains. J'ai riposté de toutes mes forces, suivant mes Pouvoirs. Pour chaque Apache tué, mon peuple a abattu dix Hommes-Blancs... Maintenant, il faut faire la paix. Le nombre des Apaches diminue de jour en jour et les Blancs sont aussi nombreux que les fourmis volantes... Pourquoi nous enfermer dans une réserve ? Qu'on nous laisse aller librement là où il nous plaît...

La sincérité du général Howard plus que ses propositions rendit possible le dialogue. Au fil d'âpres et laborieuses discussions, Cochise, rassuré par les qualités de l'homme, accepta l'idée d'une cohabitation possible fondée sur une paix honorable. Comme les autres tribus apaches, les Chokonens se composaient de bandes réellement autonomes, et, pour une décision qui concernait l'avenir de la tribu, Cochise devait obtenir l'accord de tous les clans. Il demanda un délai d'une dizaine de jours afin de réunir en conseil l'ensemble des bandes.

Dix jours plus tard, un Conseil des bandes réunies se tenait à l'écart du général. Après de longs débats et autres considérations rabâchées où la tristesse et la rage l'emportaient souvent sur l'espoir, Cochise brisa le cercle de l'impuissance en renvoyant dos à dos les lamentations et la tentation désespérée de poursuivre un combat perdu d'avance. Des paroles sévères dans un silence tragique. Puis il s'évertua, avec une infinie douceur, à chasser l'illusion incrustée dans le cœur de ceux qui ne pouvaient admettre la fin de leur monde. Enfin, quand tous furent prêts à entendre et à accepter les propositions du général Howard, Cochise le fit entrer dans le cercle. La flèche était brisée.

Quand le soleil se leva, après une nuit de danses rituelles et de chants, Howard, impressionné par « ce spectacle sauvage et magique », se prit à douter de l'universalité de ses propres valeurs. Cochise, non sans humour, déclara :

— À partir de maintenant, le Blanc et l'Apache boiront la même eau, mangeront le même pain et vivront en paix.

Il ajouta :

— Si l'Homme-Blanc ne respecte pas sa parole, je repartirai sur le sentier de la guerre.

Dans la matinée du 13 octobre 1872, sur une plate-forme rocheuse surplombant la rivière San Pedro, Cochise, Geronimo et les autres chefs chiricahuas « touchèrent la plume » du traité qui mettait fin à une décennie de malheurs en Apacheria, et un terme à douze ans de guerre contre les États-Unis d'Amérique. Le

111

traité fut confirmé par décret gouvernemental le 14 décembre de la même année.

En quarante années de guerres, contre le Mexique d'abord, les États-Unis ensuite, et souvent les deux en même temps, Cochise n'avait jamais failli à sa parole. Souvent blessé, tenu pour mort une bonne douzaine de fois, il restera la figure emblématique de la résistance apache. Adoré et craint par ses guerriers, il avait sur ses bandes une autorité totale – phénomène assez exceptionnel chez les Apaches, qui ne reconnaissaient que ponctuellement l'autorité de leurs « chefs ». Cochise, qui n'avait aucun goût pour le pouvoir, s'inclinait devant les décisions prises lors des conseils. C'est après, au combat, qu'il se montrait intransigeant, sans compromis, pour le plus grand malheur de ses ennemis. Les Apaches parlent et réfléchissent longuement avant d'agir et tous peuvent se faire entendre. Cochise, Victorio, Juh ou Geronimo accordaient un grand crédit aux femmes de la tribu, particulièrement à leurs sœurs. La vie de Cochise, centrée sur la guerre, avait été celle d'un homme intègre et courageux. Des qualités que même ses ennemis lui reconnaissaient, et dont il aura fait preuve jusqu'au bout, jusqu'à cette ultime négociation.

La flèche était brisée, Cochise n'avait pas eu le choix. La future réserve des Chokonens allait

s'étendre sur les monts Dragoon et Chiricahuas, une agence serait créée à Sulphur Springs
au cœur de leurs terres ancestrales, avec
Jeffords pour agent. Les Blancs auraient le droit
de traverser librement le territoire des bandes
de Cochise sans pouvoir s'y installer. Au nord-
est, dans la Sierra Mimbres, se trouvait la réserve d'Ojo Caliente des Chihennes de Victorio
et de Loco, que les Américains appelaient
Warm Springs.

L'Apacheria était pacifiée.

Comme le général Howard, déjà en selle,
s'apprêtait à se rendre dans la vallée pour annoncer aux militaires l'heureuse issue des négociations, Geronimo bondit, à la mode apache,
et atterrit tout contre le général qui, s'il fut surpris, ne le montra pas. Geronimo avait apaisé
le cheval effrayé d'un grognement guttural accompagné de caresses sur la croupe. Les deux
hommes voyagèrent ainsi pendant plusieurs
heures dans la plus grande des complicités, en
compagnie d'une délégation d'Apaches conduite par Cochise. Peu avant d'arriver au fort,
le général Howard sentit le corps de Geronimo
se contracter à la vue des premières Tuniques-
Bleues, et le cheval changer d'allure et passer
au petit trot : la confiance de l'Apache avait des
limites. Rassuré par la présence de Cochise, qui
avait pris soin de mettre ses guerriers en alerte,

Geronimo, d'une légère pression des cuisses sur les flancs du cheval, lui fit reprendre le galop.

La paix nouvelle qui régnait dans le sud de l'Arizona et du Nouveau-Mexique s'arrêtait à la frontière. Les Chiricahuas continuaient à mener des raids au Mexique, à partir de la réserve : Cochise n'avait pas « touché la plume » avec les Mexicains.

La paix allait durer trois années sans incident notoire. Geronimo avait quitté la réserve des monts Dragoon pour rejoindre son « frère » Juh et les Nednis quelque part dans la Sierra Madre, et vivre en homme libre sous le soleil du Mexique, ne supportant pas le spectacle de guerriers chiricahuas réduits à accepter leur nourriture des mains de l'Homme-Blanc, comme des animaux domestiques.

C'était dans la nature de Cochise que de respecter à la lettre les clauses du traité, quant à Jeffords, il ne se ménageait pas pour obliger le bureau des Affaires indiennes à livrer les rations de ravitaillement. La flèche était définitivement brisée, les colons américains et mexicains dormaient en toute sécurité. L'essentiel manquait. Cochise avait trop conscience de la fin inéluctable de son monde pour se satisfaire de la misérable pitance que l'administration américaine accordait à son peuple : une médiocre survie enrobée de valeurs de pacotille. Le désespoir de Cochise laissait la porte ouverte à la maladie, elle est entrée, aidée par l'alcool et le chagrin. Deux années mornes et paisibles s'écoulèrent et Cochise allait mourir. Son corps refusait la nourriture. Il n'était plus que souffrance ; ni l'Homme-Médecine ni le médecin du fort n'y pouvaient rien. Une hémorragie interne, à l'estomac, allait l'emporter.

Ce 6 juin 1874, Jeffords se trouvait à son chevet ainsi que ses fils, Tahza et Naiche, et ses deux femmes, Tesal-Bestinay et Nali-Kay-Deya, et tant d'autres... La lumière rouge du soleil commençait à disparaître derrière les montagnes et annonçait la nuit. Plus rien, pas même la volonté, ne pouvait cacher la souffrance de Cochise. Une souffrance qui, ajoutée à la fièvre, le faisait délirer. Au milieu de la nuit, la maladie sembla battre en retraite et le visage de Cochise retrouva quelques couleurs de l'enfance. Tous se prirent à espérer. Cochise savait que ce répit n'était qu'un pourboire accordé par la mort à ceux qui s'en vont.

Cochise chercha le regard de Jeffords, debout derrière ses deux fils qui s'écartèrent pour le laisser approcher.

— Mon frère... Je sais que le Grand Sommeil viendra pour moi à l'aube, quand le soleil apparaîtra sur la montagne rouge... Les frères se retrouvent dans le ciel infini, là où se tient le Monde-des-Esprits.

Avant que le Monde-de-l'Ombre n'englou-tisse tout son être, Cochise parla longuement à ses fils et à ses lieutenants. Il leur demanda de continuer dans la voie de la paix. Tahza, l'aîné, devait mener à bien cette tâche.

De nombreux Indiens, venus des rancherias de toute l'Apacheria, campaient dans les montagnes alentour, aux Quatre Coins – Est, Sud, Nord, Ouest –, rassemblés ainsi pour un dernier hommage. Pendant la nuit, et quatre jours durant, l'écho des chants de la mort résonna dans les monts Dragoon.

Elle arriva avec l'aurore, peu après que le soleil eut franchi la ligne de crête de la montagne ocre.

Cochise, paré de ses plus beaux vêtements, le visage peint et des plumes d'aigle dans les cheveux, une couverture navajo de laine rouge sur les épaules, fut hissé sur son cheval préféré et conduit dans le dédale rocheux, jusqu'à un endroit sauvage planté de grands chênes, au bord d'une profonde fissure. Son cheval et son chien furent abattus et précipités dans l'abîme avec son fusil, une carabine à répétition Spencer offerte par Jeffords, ainsi que sa lance. Puis, à l'aide de cordes, deux guerriers déposèrent le corps de Cochise au plus bas de la fissure. Les femmes se peignirent le visage en noir, certaines se coupèrent les cheveux. L'emplacement de la sépulture de Cochise n'a jamais été révélé.

Chies-Co-Chise repose en paix.

*

Les femmes, toujours assises en demi-cercle, veillent Geronimo qui s'est assoupi. Elles murmurent un chant doux et répétitif. La porte s'ouvre sur la lumière laiteuse du soleil caché derrière les nuages. Naiche pénètre dans la cabane, se faufile pour venir au pied du lit de son vieux compagnon d'armes. Geronimo ouvre les yeux, un sourire éclaire son visage ravagé par la fièvre.

— Chies-Co-Chise... je savais que tu viendrais...

Naiche ne dit rien. Ses longs doigts dénouent le foulard rouge qui lui serre le cou. Naiche, le fils cadet de Cochise, ressemble beaucoup à son père. Les traits réguliers, un nez romain encadré par des pommettes saillantes. Grand et mince, plus d'un mètre quatre-vingts, Naiche dégage une impression de noblesse et de sévérité nuancée par un regard triste et songeur, lointain, semblable à celui de son père.

Geronimo garde le silence, yeux mi-clos, tousse, referme les yeux, trop épuisé. Grincement de roues d'un attelage qui s'arrête devant la cabane ; bruits de pas précipités ; deux coups brefs à la porte ; elle s'entrouve sur un soldat.

Le soldat n'ose pas avancer ; les yeux braqués sur Naiche qui l'ignore, il bredouille :

— C'est l'ambulance... pour Geronimo... Faut l'emmener à l'infirmerie du fort...

Naiche regarde la femme de Geronimo, puis se tourne vers le soldat et fait non de la tête.

— Le médecin a dit que...

Azul s'approche du soldat et, sans agressivité, lui dit que trop d'Apaches sont morts à l'infirmerie, et que Geronimo veut partir entouré des siens.

Le soldat, ému, referme la porte délicatement. Une quinte de toux sèche réveille Geronimo. Nouvelle poussée de fièvre, tremblements proches de la convulsion. Naiche lui essuie le front, lui prend sa main.

— Naiche... dans mon cœur le temps tourne en rond... c'est parce que je veux oublier que nous sommes prisonniers de guerre depuis si longtemps. Loin des montagnes, les Apaches perdent l'harmonie... La maladie des Blancs et la tristesse les ont tués... Pourquoi les Yeux-Clairs ont-ils encore peur de nous ?... Le général Howard, lui, a toujours tenu ses promesses, il nous a traités comme des frères. Nous aurions pu vivre en paix pour toujours avec lui... Il respectait beaucoup ton père...

Geronimo referme les yeux, les rouvre et, avant de les refermer de nouveau, murmure :

— Naiche, je vais retrouver mon étalon, le

bai, celui que j'avais volé au général mexicain, tu te souviens ?... Je vais le retrouver et j'irai voir Mangas Coloradas et aussi Cochise et peut-être la tribu des Navajos pour qu'ils me donnent des couvertures... J'ai tellement froid... Oui... Je vois la ligne déchirée de la Montagne Bleue qui se découpe dans l'aube naissante là-bas... Bien avant les monts Burro... Et plus à l'Est, je vois les monts Mimbres couverts de chênes, de pins et de feuillages... Loin derrière, il y a les neiges éternelles des Mogollon. Je suis un aigle... je vole là où le soleil se couche... Je passe entre les Dos Cabezas, j'évite Dzil-Nchaa-Si-An, notre montagne sacrée, je plonge vers les vastes plaines de sable et de roches du Dineh[1] qui s'étendent à l'infini... Ya-ta-hey[2] ! Les couvertures, elles sont là... J'ai froid, Naiche...

Naiche ôte la couverture rouge, noir et bleu qu'il a sur ses épaules et en recouvre le corps de Geronimo. Puis il s'assoit au pied du lit et commence à rouler une cigarette.

*

Cochise était mort depuis un an. Sous l'action conjuguée des émissaires de Washington

1. Nom que se donnent les Navajos et qui signifie : « le peuple ».
2. « Bienvenue, bonjour », en navajo.

et de la pression des troupes du général Crook, la question apache semblait être en voie de règlement final. Toutes les tribus vivaient en résidence surveillée dans les réserves situées sur leurs terres d'origine. Victorio et les Chihennes près des sources chaudes de l'Alamosa ; les Chokonens des fils de Cochise dans les monts Dragoon ; les White Mountains dans les Montagnes Blanches où ils avaient toujours vécu. Tout était loin d'être parfait dans ces réserves – agents incapables et corrompus, jeunes Apaches incontrôlables, provocations des citoyens blancs voulant profiter des contrats juteux liés à la présence de militaires en campagne... –, mais rien ne menaçait réellement le développement de l'économie dans la région, but véritable de ces opérations militaires et diplomatiques. La seule ombre au tableau de « l'Apacheria civilisée » était les raids clandestins qui continuaient à dévaster le nord du Mexique, malgré les opérations de répression des gouverneurs des États de Sonora et Chihuahua. Mexico protestait, Washington prenait note, sans plus : la paix régnait du bon côté de la frontière.

À la fin de cette même année, en octobre 1875, le bureau des Affaires indiennes prit une décision honteuse, cruelle et stupide, qui allait à nouveau plonger la région dans une décennie de guerres et de souffrances. Les planificateurs de Washington décidèrent de regrouper en un même lieu les diverses tribus apaches d'Arizona et du Nouveau-Mexique. Ces peuples des montagnes, à qui des traités garantissaient pour l'éternité leurs terres ancestrales, allaient connaître une déportation à San Carlos, un endroit semi-désertique propice à la variole et à la malaria, infesté de moustiques, de serpents, de scolopendres et de scorpions. Le général Crook, peu suspect de complaisance envers les Apaches, condamna cette décision, la jugeant inhumaine et surtout dangereuse pour la paix. Il fut muté *in petto* dans les Grandes Plaines pour combattre les Sioux et les Cheyennes en révolte. Comme allait l'écrire dans ses *Mémoires* son aide de camp, le lieutenant Bourke : « Ce fut une décision aberrante, dont je devrais encore rougir aujourd'hui, si je n'étais fatigué de rougir de tout ce que le gouvernement des États-Unis a fait depuis aux Indiens. »

Une année auparavant, l'agent John Clum avait pris en charge la réserve de San Carlos qui abritait quelques bandes locales. Arriviste et vaniteux, sans être cependant dénué d'honnêteté, il voulait le bien des « bons Indiens ». Sur place, il avait démasqué les fournisseurs véreux, limité les abus de l'administration, et imposé le remplacement des militaires par une police apache. Il avait réclamé, et obtenu, la construction d'un magasin, d'une forge, ainsi que d'un local mis à la disposition des Indiens où entreposer les armes de chasse. Autre mesure, moins populaire, l'interdiction de l'usage et de la fabrication de la tiswin – *tuhlepah* en apache –, une boisson traditionnelle à base de maïs, faiblement alcoolisée. Très prisée, la tiswin jouait un rôle important dans le quotidien et aussi dans l'histoire des Apaches : cérémonies, danses, raids, guerres, visions...

Un rude paternalisme, adouci par une aimable bonhomie, prévalait dans cette réserve alors peu peuplée. Un succès donné en exemple. Voilà pourquoi on demanda à John Clum d'accueillir l'ensemble de la nation apache sur sa réserve modèle.

En avril, le transfert des tribus de l'ouest de l'Apacheria – Tontos, Mohaves, Yumas – s'effectua dans la confusion ; en chemin, plus d'une centaine d'Indiens faussèrent compagnie aux militaires pour rejoindre leurs anciens repaires. Un scénario qui allait se reproduire avec la plupart des bandes. Malgré ces « fuites », la population de San Carlos se trouva en quelques mois multipliée par dix. La promiscuité, la pénurie d'eau, les querelles tribales allaient transformer cette réserve, jadis paisible, en un lieu concentrationnaire. Un mouroir.

Le bureau des Affaires indiennes n'attendait qu'un prétexte pour fermer la réserve des monts Dragoon. Il ne tarda pas à se présenter avec une banale histoire de hors-la-loi comme il s'en trouvait des dizaines dans l'Ouest sauvage à cette époque. Encore un incident insignifiant qui brouille l'image du cours de l'Histoire. Apprenant que Skinya et son clan – des dissidents de la tribu des Chokonens – étaient revenus de l'or plein les sacoches d'un raid au Mexique, deux employés des diligences leur avaient proposé du whisky en échange. Le butin avait changé de mains et le whisky de contenant. Une rixe éclata quand les Indiens redemandèrent de l'alcool et que les employés se montrèrent moins généreux : une mesquinerie qui leur coûta la vie. Scandale local attisé par la presse et les militaires : le gouverneur exigea le renvoi de Jeffords ainsi que le transfert des Chokonens à San Carlos.

Clum fut chargé de l'opération, il s'en trouva flatté. Quelques semaines plus tard, il progressait sur les contreforts des monts Dragoon à la tête d'une soixantaine de scouts-apaches – ces redoutables auxiliaires de l'armée des États-Unis, servant d'éclaireurs et de combattants –, appuyé par le 6e régiment de cavalerie que commandait le général Kauzt, successeur de Crook.

Sur la réserve chokonen, l'imminence de l'arrivée de l'armée exacerbait les tensions, et la pression ne cessait de monter, avec des réactions extrêmes proches de l'hystérie. Deux groupes s'opposaient : d'un côté, les partisans de la paix et du transfert à San Carlos, avec à leur tête Tahza et Naiche, les fils de Cochise ; de l'autre, les partisans de la guerre – minoritaires – groupés derrière Poinsenay et Skinya. Les deux fils de Cochise, obsédés par la parole donnée à leur père, se montraient intraitables. Pour un Apache, la parole donnée à celui qu'on respecte, ami ou ennemi, ne peut en aucun cas être reprise. Quand l'ennemi, ou l'ami, se trouve être duplice et non respectable, ou le devient, il n'est pas alors interdit de reprendre cette parole ; c'est ce que fera Naiche plus tard en rejoignant Geronimo.

Dans ce climat délétère de fin d'un monde, la violence feutrée devenait folie et l'argument cédait à l'insulte, la tragédie semblait inévitable. Lors de l'ultime réunion du Conseil tribal, Naiche tua Skinya d'une balle dans la tête et Tahza blessa Poinsenay. Cinq dissidents trouvèrent ainsi la mort.

Le conseil prit fin sur ces meurtres fratricides.

Les Chokonens, brisés, iraient à San Carlos.

Clum, informé que les bandes de Geronimo et de Juh vivaient dans le sud de la réserve, leur avait ordonné de ramener leurs clans à San Carlos. Placide, Geronimo lui avait affirmé que lui et son « frère » Juh étaient disposés à venir s'établir avec les siens sur la réserve. Clum lui avait accordé un délai de quelques jours pour rassembler sa bande. Geronimo, après avoir rejoint sa rancheria, sous la surveillance de deux éclaireurs de Clum, leva le camp discrètement au cours de la nuit. Dans le même temps, et avec la même discrétion, Juh et ses Nednis regagnaient la Sierra Madre. Geronimo et ses quarante guerriers parvinrent sans problèmes à retrouver Victorio et les Chihennes, à l'ouest des sources chaudes de l'Alamosa dans la réserve d'Ojo Caliente qui n'avait pas encore été fermée. Clum s'était fait berner, dès lors Geronimo devint son obsession.

Clum quitta les Dragoon à la tête de « ses prisonniers » chiricahuas : deux cent soixante-cinq femmes et enfants et une soixantaine d'hommes. Durant l'exode, Tahza – fils aîné de Cochise et chef de la tribu – fit en sorte que sa femme Nod-Ah-Sti, son fils et plus de trente membres de son clan puissent rejoindre Pa-Gotzin-Kay, un repaire apache perdu dans la Sierra Madre où ils allaient vivre, paisibles et clandestins, sur les hauteurs du cañon de Naco-Zari, non loin des sources du rio Yaqui. D'autres Chiricahuas se volatilisèrent dans les montagnes avoisinantes. Plus tard, certains d'entre eux rejoignirent Geronimo à la réserve de Warm Springs, où ils s'installèrent en clandestins. Utilisant la réserve comme base arrière, les rebelles reprirent les raids en Arizona et au Mexique, comme au bon vieux temps. Quant à

Jeffords, écœuré par la politique du bureau des Affaires indiennes et la duplicité du gouvernement, il s'isola dans les montagnes, travaillant un temps comme prospecteur – il trouva deux gisements d'argent –, puis il exploita un ranch dans une vallée des Tortillas Mountains, au nord de Tucson. Il allait toujours entretenir des rapports étroits avec les Chiricahuas, allant même à la fin de sa vie retrouver, durant de longues périodes, des Apaches libres à Pa-Gotzin-Kay dans la Sierra Madre. Il est mort en janvier 1914.

*

Une année chaotique passa. Tahza mourut d'une pneumonie lors d'un voyage à Washington, Clum se maria, San Carlos glissait dans l'ennui et la misère. Sur la réserve de Warm Springs (Ojo Caliente), la situation devenait chaque jour plus explosive en raison des rumeurs d'une déportation à San Carlos. C'est dans ce contexte qu'un incident banal marqua le début de l'entrée en scène officielle de Geronimo dans le club des ennemis de l'Amérique. Le lieutenant Henely, qui patrouillait dans la vallée du rio Las Palomas, bien au sud, aperçut au loin Geronimo et quelques guerriers en train de ramener vers la réserve une centaine de chevaux volés dans le sud-ouest du Nouveau-Mexique. Prudent, l'officier se contenta d'informer les autorités. Washington télégraphia à Clum l'ordre d'arrêter Geronimo et sa bande et de les transférer à San Carlos.

Clum se mit en route pour six cent cinquante kilomètres de désert et de montagnes, avec une centaine des meilleurs éléments de sa police apache. Outre cette police indienne, l'administration avait mis à sa disposition les trois compagnies de cavalerie du major Wade.

À la tête de son avant-garde forte d'une vingtaine d'hommes, Clum arriva en début de soirée, le 20 avril 1877, à l'agence de la réserve de Warm Springs. Une mauvaise nouvelle l'attendait : un télégramme laconique l'informait que la cavalerie du major Wade, retardée par quelques questions d'intendance, se trouvait dans l'impossibilité d'entreprendre avant trois jours l'opération d'encerclement prévue. Clum, conscient qu'il ne pouvait attendre si longtemps sans voir les rebelles s'enfuir de l'autre côté de la frontière, envoya aussitôt un homme prévenir Beaufort – le chef de la police apache qui suivait à quelques heures de marche –, et lui demander de prendre position, avec ses quatre-vingts scouts, autour de l'agence dans la plus grande discrétion. Clum qui pensait, à juste titre, qu'un petit détachement de l'armée n'éveillerait pas la méfiance et la crainte des Apaches envoya aussitôt des messagers à Geronimo et aux autres « renégats » pour les convier à un conseil, le lendemain matin, dans les locaux de l'agence. La configuration des lieux se prêtait à une embuscade : les côtés nord et sud donnaient sur de profonds ravins, à l'ouest se trouvait le petit bâtiment de l'agence et, à cinquante mètres de là, un vaste bâtiment inoccupé abritant l'intendance. À quatre heures du matin, la troupe de Beaufort se dissimula dans ce bâtiment. Clum était prêt à recevoir Geronimo.

Le soleil était déjà haut dans le ciel quand une quinzaine de cavaliers apaches se présentèrent à l'agence. Des femmes et des enfants les accompagnaient, preuve qu'ils venaient en confiance. Sous le porche du bâtiment de l'agence, Clum et Beaufort, encadrés de six scouts flegmatiques et armés de carabines, regardaient les « renégats » avancer vers eux. Une douzaine de scouts se tenaient alignés, dos au ravin, sur une centaine de mètres, l'arme au pied ou en bandoulière, l'air paisible. Geronimo, Ponce, Gordo, Francisco, Nana et les autres chefs descendirent de cheval et s'approchèrent, clignant des yeux sous le soleil. Après un bref regard circulaire sur l'assistance, Clum déclara d'une voix assurée :

— Ouvrez bien vos oreilles et rien ne vous arrivera !

— Parle avec modestie, lui répondit Geronimo, et il ne t'arrivera rien à toi non plus.

Clum eut du mal à dissimuler l'antipathie que lui inspirait Geronimo. Il se contint, mâchoires serrées, avant de poursuivre :

— Je t'ai attendu à San Carlos... et tu n'es pas venu...

— San Carlos est mauvais pour les Apaches, murmura Geronimo après un silence pesant.

Il continua, élevant le ton :

— Je suis un fils de la montagne et de l'air, et, toi, tu veux que je vive dans le sable et la poussière... et que je boive de l'eau croupie... Je suis un homme, pas un crapaud qui attend une nourriture puante contre une paix d'esclave. Tu as compris, petit Homme-Blanc, pourquoi je ne suis pas venu ? Et pourquoi je ne viendrai pas.

Le mépris, intolérable, lisible dans les yeux de l'Apache annulait la trouble commisération que Clum nourrissait pour la race indienne. Une race à éduquer.

— Tu es un voleur, Geronimo ! Un voleur et un assassin ! Que tu le veuilles ou non je te ramènerai à San Carlos avec ta bande de renégats.

Geronimo prit son temps avant de répondre, jouant avec l'exaspération de Clum.

— Nous n'irons pas à San Carlos. Si vous ne faites pas attention, toi et ta police indienne, vous n'irez pas non plus. Vos cadavres resteront ici à Ojo Caliente avec les coyotes et les rats.

À cet instant, une bouffée de panique paralysa Clum qui se prit à douter de la police indienne. Après tout, ce sont des Apaches, se dit-il. Le sourire narquois de Geronimo raviva sa haine. Clum porta la main à son chapeau : le signal convenu.

Sous le porche, six carabines furent pointées sur Geronimo, et quatre-vingts scouts surgirent au pas de course du bâtiment d'intendance, l'arme au poing, encerclant les « renégats ». L'index de Geronimo s'avançait, imperceptible, vers la détente de son arme. Quand son regard s'arrêta sur les femmes et les enfants terrorisés, ses doigts se replièrent pour former un poing, un poing fermé sur la rage et la frustration.

Clum lui arracha le fusil des mains.

La seule fois où l'Apache fut fait prisonnier.

Dans les yeux de Geronimo, de la haine et du mépris. Un regard que jamais Clum n'oublierait. Une haine qui dépassait la rancœur et le dépit face à un ennemi victorieux. Geronimo venait de comprendre que Clum était pire qu'un tueur d'Indiens : c'était un tueur d'âmes. Avec lui, l'Apache devait devenir un Homme-Blanc. Un Apache dénaturé, obéissant et servile.

Impassible, Geronimo regardait le forgeron

marteler les fers portés au rouge. On l'enchaîna, ainsi que les huit autres chefs, sous les yeux des Apaches impuissants. Le major Wade et ses trois compagnies de cavalerie arrivèrent le lendemain matin. Devant ce déploiement de forces et les rumeurs favorables propagées par les scouts-apaches sur la vie agréable à San Carlos, Victorio – un des deux chefs chihennes – s'était laissé convaincre d'abandonner le pays des Sources Chaudes. Tous les Apaches de la réserve furent désarmés. La captivité de Geronimo, la lassitude des femmes de la tribu devant l'incertitude du lendemain, et la pression de la bande de Loco – l'autre chef chihenne, favorable à la paix –, tout cela, sans doute, avait amené Victorio à prendre cette douloureuse décision. Il ne se sentait pas le droit d'entraîner son peuple dans une guerre sans espoir. Après tout, San Carlos était peut-être vivable pour le Peuple-des-Sources-Chaudes ?

Ce 1er mai 1877, le long convoi des cent dix Apaches de la bande de Geronimo et des trois cent quarante-trois de celle de Victorio et Loco s'ébranla pour une longue marche de plus de six cents kilomètres. Un chariot transportait Geronimo et ses compagnons enchaînés, tandis que les autres suivaient à pied. Pendant les vingt jours de ce triste voyage, il y eut huit décès et quatre naissances. Persuadé qu'il avait rendez-vous avec la mort à San Carlos, Geronimo se préparait à cette ultime épreuve. Une hypothèse qui se révéla être proche de la réalité car Clum voulait le faire pendre pour meurtres et vols, lui et les huit chefs enchaînés. Considérés comme hors-la-loi, le statut de prisonnier de guerre leur était refusé, ils dépendaient donc des autorités civiles.

Clum avait entrepris des démarches officielles auprès du shérif de Tucson pour les livrer à la justice populaire. En attendant leur transfert en ville, les neuf prisonniers furent enfermés dans la salle de police de l'agence. Sans illusion sur la suite des événements, il restait à Geronimo la maigre consolation de se dire qu'avec sa mort annoncée, il ne serait pas témoin de la déchéance prévisible de son peuple. Heureusement pour eux, la chance s'en mêla. D'autres problèmes attendaient Clum à son arrivée, des problèmes d'amour-propre qui éclipsèrent quelque peu la question de la « mise à mort de Geronimo ». En son absence, une compagnie de soldats avait investi San Carlos pour exercer un contrôle administratif sur les Indiens. Clum ne supporta pas cette ingérence de l'armée, une décision rendue d'autant plus humiliante qu'elle avait été appuyée par le commissaire aux Affaires indiennes. Après un vif combat administratif, Clum donna sa démission.

Geronimo et ses compagnons croupissaient depuis plus de deux mois dans la salle de police, s'attendant à tout moment à être exécutés. Le shérif de Tucson, un homme avisé, connaissait assez le sens de la vengeance apache pour ne pas donner suite aux poursuites. L'agent Harr, le successeur de Clum, libéra les enchaînés quelques semaines plus tard, espérant par ce geste de bonne volonté calmer un mécontentement chronique, qu'une trop grande sévérité risquait de transformer, au moindre prétexte, en rébellion ouverte.

Geronimo, enfin libre de ses mouvements, découvrit que l'endroit où son peuple était contraint de s'entasser était pire que ce qu'il avait pu imaginer. Une terre plate et désolée, aride et chaude, infestée d'insectes et de reptiles, avec le spectacle désolant de ces Indiens – floués par les civils chargés de la distribution des rations, décimés par les maladies, la frustration et la misère – qui s'entre-déchiraient pour un peu d'eau et de nourriture et qui souffraient de la promiscuité dans un espace exigu que les colons grignotaient inexorablement. Des agriculteurs mormons s'étaient installés au sud-est ; à l'ouest et à l'est, la découverte de filons de cuivre et d'argent attira prospecteurs et mineurs. Les parcelles de territoire retirées aux Apaches entre 1873 et 1877 réduisirent de moitié la superficie de la réserve, et cela avec la bénédiction du chef de l'agence et l'assentiment du bureau des Affaires indiennes. San Carlos, peau de chagrin, n'était pas seulement le mauvais rêve d'un peuple enchaîné, mais la tragique réalité d'hommes dépossédés d'eux-mêmes.

La passivité des Apaches n'allait pas durer, les effets de la misère sont imprévisibles et souvent incontrôlables.

*

Les femmes ont laissé Naiche et Geronimo seuls. Naiche, debout, regarde Geronimo assoupi. Une quinte de toux le réveille. Naiche lui essuie la bouche.

— Je vais mourir, mon frère, il est temps. Je sais que certains croient que la malédiction sur ma famille vient de mon « Pouvoir ». Lot Eyelash[1] a dit que mes enfants et petits-enfants sont morts à cause de moi... pour que je puisse continuer à vivre longtemps... Le crois-tu, toi aussi ?

Naiche fait non de la tête, puis ajoute :

— Ceux qui pensent cela se sont égarés sur

---

1. La mort rôdait autour des proches de Geronimo ; quand sa fille Eva tomba malade il pensa que quelqu'un avait « ensorcelé » sa famille pour la détruire. Il demanda alors à Lot Eyelash, un chaman, d'organiser une cérémonie pour découvrir le coupable. Au quatrième chant, Eyelash désignant Geronimo déclara qu'il utilisait son Pouvoir pour détourner la mort de lui vers ses enfants.

les chemins de la haine et de l'envie... Tu n'as jamais accepté le christianisme mais tu es un homme droit et courageux, Geronimo. Toi, tu sais. L'important est là.

Le regard de Geronimo s'est adouci, il tousse encore. Il veut parler, les mots hésitent entre les silences ; les phrases se forment, comme arrachées ; une douleur palpable. Naiche lui prend la main.

— Je ne comprends pas la vie éternelle du Dieu des Blancs... Tu te souviens, à San Carlos, ce que cet Indien racontait sur le monde des morts ?

Naiche acquiesce, Geronimo continue :

— J'aimerais croire que la vie des morts ne soit pas que ténèbres... Ce guerrier était mort. Une blessure à la tête l'avait laissé sans vie sur un champ de bataille et il s'en était allé dans la Vallée-des-Esprits rejoindre le Peuple-de-l'Ombre... Tu n'as pas oublié, Naiche ? Ce sont nos croyances... elles ne sont pas plus stupides que celles des Blancs... Raconte-moi la suite, Naiche, j'ai trop mal... Le Dieu des Blancs, qui est maintenant un peu le tien, ne va pas s'en offusquer... Ce n'est qu'une histoire de guerrier blessé qui a peur d'entrer dans la nuit sans fin... Une histoire d'Apache...

Le frémissement des lèvres sur le léger sourire de Naiche trahit une émotion teintée de tendresse. Il roule une cigarette avec application avant de poursuivre l'histoire du guerrier mort :

— Un mûrier cachait l'entrée d'une caverne gardée par un homme en armes. Après un dur combat avec lui-même, le guerrier mort avait réussi à chasser la peur de son esprit. Alors, le gardien s'inclina et le laissa passer. La caverne, sombre et étroite, s'élargissait peu à peu pour déboucher sur un profond précipice. S'agrippant à un buisson de sauge, le guerrier se laissa tomber dans le vide, atterrit sur du sable et roula, roula sur la pente douce de cette dune pour se perdre dans l'obscurité la plus totale... Là, tâtonnant, il trouve l'entrée d'un étroit boyau qui serpente vers l'Ouest, il s'y engage. Le boyau devient un long tunnel qui rétrécit brutalement : deux énormes serpents aux écailles jaunes et noires bloquent le passage. Le guerrier s'avance, les serpents redressent la tête, sifflent, menacent. Comme le guerrier maîtrise sa peur, les serpents reculent, se collent contre les parois pour le laisser passer... Le guerrier marche longtemps le dos courbé. Le tunnel s'élargit et il voit deux grizzlys, prêts à l'attaque. Le guerrier soutient leur regard et leur parle. Les deux ours le laissent continuer... Le guerrier suit les méandres du tunnel redevenu étroit qui, pour la troisième fois, s'élargit. Et là, il voit deux lions des montagnes, qui tournent en rond, bloquant le passage. Les rugissements et les crocs acérés des fauves n'impressionnent pas le guerrier. Il leur parle librement. Les lions s'inclinent devant son courage... Le tunnel continue, étroit et sombre, sombre au point qu'il ne peut voir ses mains. Le guerrier rampe, les parois lui collent à la peau, épousent la forme de son corps, se ferment devant lui mais elles s'écartent tant qu'il a le courage d'avancer... Ce passage, le quatrième, est le plus pénible. Les roches hurlent à son contact et se brisent. Le noir est absolu, mais le guerrier avance, encore et encore, aveugle, déterminé... Soudain, les parois s'éloignent dans un bruit plus puissant que le tonnerre, la lumière lui brûle les yeux. Enfin, le silence revient... Et le guerrier découvre alors, derrière le nuage de poussière, une immense forêt de chênes, de pins et de sycomores. L'air vif gonfle ses poumons. Un sentier s'en va vers l'Ouest à travers les conifères, il le prend et marche longtemps, paisible, accompagné des multiples bruits de la forêt. Enfin, il arrive dans une vallée verdoyante. De nombreux chevaux paissent, le gibier est abondant... Au loin il aperçoit une rancheria. Il s'avance, le soleil est rouge derrière les collines, il entend des rires d'enfants... On lui souhaite la bienvenue... Il reconnaît ceux et celles qu'il a aimés durant toute sa vie, en Apacheria...

— J'aimerais y croire, dit Geronimo.

*

Désespoir du peuple de Victorio loin des Sources Chaudes des monts Mimbres. Avec de la colère et de la résignation. Ils croupissaient depuis trois mois à San Carlos, et semblaient souffrir un peu plus que les autres de la misère matérielle et morale, à laquelle s'ajoutaient les ravages de la variole et de la malaria qui décimaient leurs clans. La terre promise se révélait n'être qu'un pourrissoir. Alors, un soir de septembre, Victorio, Loco et Nana, ainsi que trois cent vingt-trois membres de la tribu, s'évanouirent dans les Montagnes Blanches, au nord-est de la réserve, en laissant cent quarante-trois des leurs à San Carlos. Après un détour pacifique par Fort Wingate, en pays navajo, les Chihennes avaient regagné leur territoire ancestral des Sources Chaudes de l'Alamosa rendu entretemps au domaine public comme toutes les anciennes réserves, excepté celle de White River. Les fugitifs s'étaient déplacés par petits groupes, refusant l'affrontement avec l'armée, refusant de tuer, ne cherchant qu'à retrouver la liberté.

Ils allaient vivre en paix pendant tout l'hiver près des sources d'Ojo Caliente, perdus dans les immenses forêts de pins Ponderosa, de sycomores et de chênes, jusqu'à ce que l'imbécillité de Washington ne plonge, une nouvelle fois, la région dans le malheur et la tragédie.

Geronimo n'avait pas suivi ses amis chihennes sur la route de la liberté. L'agent Hart, pour l'amadouer, le nomma quelques semaines plus tard « porte-parole et capitaine » des Chokonens et des Chihennes restés sur place. Geronimo se moquait de ce titre pompeux et vide de sens accordé par un Blanc, et sans effet sur les Apaches pour qui la notion de « chef » des bandes réunies en temps de paix est une injure à leur sens de l'autonomie des clans. Geronimo n'avait nullement besoin de l'aval de qui que ce soit, *a fortiori* d'un agent du gouvernement. L'autorité de Geronimo, d'une autre nature, lui venait autant de ses dons d'Homme-Médecine que de son aura de guerrier.

À San Carlos, l'écœurement perdurait étayé par l'ennui et la misère qui entretenaient l'amertume. Beaucoup se lamentaient, les moins soumis volaient armes et munitions avec l'accord de Geronimo, décidé à quitter San Carlos après la saison du Visage-Inconnu (l'hiver). La liberté a un meilleur goût à la saison des Nombreuses-Feuilles (le printemps). Hébétés par les défaites et soumis à l'humiliation quotidienne d'une quasi-captivité, les Apaches des diverses tribus n'avaient plus qu'un seul but : survivre, avec pour prix à payer la perte de leur identité.

Aussi les « Hostiles » comme Geronimo étaient-ils craints, et souvent rejetés, par les autres Indiens affolés à l'idée de perdre le peu qui leur restait : un semblant de sécurité. L'existence des « Hostiles » mettait en péril la politique de normalisation et de « blanchiment » mise en place par les autorités : à leur contact, les nostalgiques pouvaient rêver, les endormis risquaient de se réveiller, les jeunes de concevoir un autre monde et les hommes justes de se révolter.

Depuis deux jours, Geronimo ivre de trop de tiswin errait dans la réserve, agressif et querelleur. Il allait bientôt avoir cinquante ans et l'avenir lui apparaissait sans espoir. Il savait que la victoire du monde des Blancs impliquait la disparition des valeurs apaches, qu'un retour en arrière était impossible. Il le savait, mais ne pouvait l'admettre. Alors il buvait encore et encore, pour chasser l'ennui et le désespoir. Cette nuit-là, femmes, enfants et guerriers bavardaient autour d'un feu, une exubérance qui cachait mal leur tristesse. Ils parlaient d'hier, des raids au Chihuahua, en Sonora, en Arizona et au Nouveau-Mexique ; des longues chasses ; des fêtes et de la vie dans les montagnes... Geronimo, les yeux dans le vide, n'écoutait pas ; il se laissait gagner par l'amertume. Le regard, rendu vitreux par trop d'alcool, se chargea soudain de lueurs de folie et de haine... Sa voix, sèche, s'éleva au-dessus du feu et des rires. Une parole pleine de morgue pour dénoncer avec hargne et dégoût ces jeunes Apaches amollis qui acceptaient comme des chiens rampants « les mauvaises nourritures » des Blancs.

Dans l'assemblée, Nah-Dos-Te, la femme de Nana et leur fils Bee, un jeune homme de dix-sept ans, neveu préféré de Geronimo, écoutaient avec appréhension monter cette colère. Le regard fou du grand guerrier s'arrêta sur le jeune Bee.

— Et toi, gronda Geronimo. C'est du sang qui coule dans tes veines ou de l'eau croupie ?

Bee, pétrifié, bafouille de pauvres justifications. Geronimo ne l'écoute pas et lui coupe la parole :

— Tu préfères végéter dans les jupes de ta mère, plutôt que suivre ton père à Ojo Caliente pour vivre en homme...

Bee, blême d'humiliation, se redresse, affronte le regard dur de son oncle. Un couteau à la main, il s'approche de Geronimo, accroupi sur ses talons. Des larmes brouillent son regard. Émotif et sensible, Bee est d'autant plus blessé qu'il voue une admiration infinie à son oncle illustre. Bee s'arrête à quatre pas de Geronimo qui, le mépris aux lèvres, regarde la main de l'adolescent crispée sur le manche du couteau. Une main qui tremble. La lame s'élève lentement, comme pour un sacrifice, reste suspendue dans la pénombre. D'un coup sec, Bee se la plante en plein cœur. Le sang et la honte éclaboussent Geronimo.

Douleur, culpabilité, tristesse, rancœur s'affrontaient dans l'esprit de Geronimo ravagé par trop de haine. Il disparut trois jours dans la montagne. Trois jours sans manger ni dormir. À son retour, il rassembla sa bande et quitta San Carlos ; Juh l'attendait aux portes de la réserve. Sur la route du Sud, avant la frontière, les fuyards pillèrent un convoi de chariots et repoussèrent les troupes envoyées à leur poursuite.

Cette cavale allait durer dix-huit mois. Après avoir écumé le nord du Mexique, les fugitifs se réfugièrent dans les montagnes Guadalupe, à la frontière sud du Nouveau-Mexique et de l'Arizona. L'hiver s'annonçant rigoureux, les rebelles jugèrent plus sage de négocier un retour pacifique à San Carlos. Jeffords, qui servait d'intermédiaire, n'eut aucun mal à convaincre le général Willcox d'accepter les conditions des fugitifs – pas de sanction pour ces dix-huit mois d'errance criminelle – car la révolte des Chihennes de Victorio au Nouveau-Mexique lui posait déjà beaucoup de problèmes.

Au retour de la bande de Geronimo à San Carlos, en décembre 1879, un journaliste de l'*Arizona Star* écrivit : « Ces Apaches appartiennent à l'ancienne tribu de Cochise, ce sont les pires. Ils nient combattre avec Victorio et sa bande, mais admettent avoir commis des crimes sous les ordres de leurs chefs Geronimo et Hoo[1]. Les citoyens du sud de l'Arizona et de Sonora peuvent se sentir plus en sécurité depuis la reddition de ces dangereux éléments. »

Geronimo et sa bande furent autorisés à camper au pied des Montagnes Blanches dans le nord de la réserve, à moins de trois heures à cheval de Fort Apache, loin de la plaine insalubre de la Gila où s'entassait la majorité de la population indienne. Cette faveur s'expliquait par le désir d'éviter les affrontements et surtout la contagion des soumis par les rebelles.

Malgré de nombreux rapports de l'officier de la région militaire d'Ojo Caliente attestant de l'attitude pacifique et même coopérative des Chihennes, le bureau des Affaires indiennes avait ordonné aux forces armées de ramener à San Carlos les bandes de Victorio et de Loco qui, à l'approche des éclaireurs militaires, s'étaient dispersées dans les montagnes. L'armée rattrapa soixante-dix-huit femmes, soixante-quinze enfants et vingt-deux hommes, tandis que Loco et son clan, accompagnés de femmes et d'enfants qu'ils voulaient préserver, reprirent de leur plein gré et dans la tristesse la route de San Carlos.

1. Hoo : autre façon d'appeler Juh.

Après de vaines tentatives de négociations, le reste de la tribu, groupé autour de Victorio et de cinquante guerriers déterminés, allait livrer un combat désespéré et mettre à feu et à sang le nord du Mexique et le sud du Nouveau-Mexique et de l'Arizona. Quelques dizaines de guerriers mescaleros s'étaient joints à eux pour cette mortelle randonnée qui dépassa en cruauté et en héroïsme tout ce qu'on avait pu voir de mémoire d'homme de l'Ouest. Pas de prisonniers, attaques et pillages de ranchs, embuscades meurtrières avec replis immédiats, déplacements incessants... Au Mexique, l'État de Chihuahua offrit une prime de trois mille dollars pour la tête de Victorio. En trois mois, plus de cent vingt têtes furent présentées au palais du gouverneur. Plus tard, les officiers de l'École de guerre reconnurent que la campagne de Victorio avait été l'un « des plus extraordinaires mouvements militaires à faible effectif de tous les temps ». Cette épopée sanglante allait durer presque deux années sans que personne – ni l'armée mexicaine, ni la cavalerie américaine, ni les scouts-apaches – ne parvienne à juguler la horde chihenne. Pour anéantir les rebelles apaches, un accord fut passé entre les deux pays, « le droit de poursuivre à chaud », le fameux *hot pursuit*.

Les journaux de la région, à l'instar de ceux de la côte Est, s'évertuèrent à créer une véritable psychose-répulsion à l'égard de l'ensemble des Apaches. Il était fréquent de lire des articles aussi peu nuancés que ceux de l'*Arizona Citizen* de Tucson : « *La guerre contre les Apaches chiricahuas doit être une guerre implacable, inexorable et systématique. Il faut massacrer hommes, femmes et enfants jusqu'à ce qu'émane de chaque vallée et de chaque montagne, de chaque rocher et chaque place forte, l'encens délicat des cadavres pourrissants des Chiricahuas.* »

Pendant l'automne 1880, traquée par des troupes américano-mexicaines – les Texas Rangers du colonel Bayor, la cavalerie du général Grierson et les trois cents cavaliers mexicains du colonel Valle –, la bande de Victorio traversa le rio Grande pour se cacher dans les montagnes des Candelarias.

L'étau se resserre. Victorio a été localisé dans le massif des Tres Castillos, les troupes alliées convergent. C'est alors que le colonel Terrazas, un tueur d'Apaches comme il aime à s'en vanter, ordonne aux troupes américaines de quitter le territoire mexicain, prétextant le peu de confiance qu'il porte aux scouts-apaches. En cette fin de journée du 14 octobre 1880, les troupes du colonel Terrazas prennent position sur les hauteurs des trois collines escarpées, dominant en contrebas un petit lac bordé d'une herbe grasse. Un bel endroit pour camper, l'avant-garde des Chihennes s'y installe. Victorio envoie Kaahtenay et un jeune guerrier chercher des munitions dans une de leurs caches située à quelques dizaines de kilomètres plus à l'est. Trois Apaches s'éloignent vers l'ouest pour aller chasser à l'arc. Le campement s'installe, les hommes s'occupent des chevaux, les femmes montent les wickiups, les enfants font comme tous les enfants du monde. Quand le grondement d'une fusillade, répercuté par l'écho, parvient aux douze guerriers de l'arrière-garde conduite par Nana, ils se trouvent à quatre heures de cheval du campement et savent qu'ils arriveront trop tard.

Les Chihennes assiégés, vite à court de munitions, se font massacrer par les soldats embusqués. La situation est désespérée, les derniers guerriers tombent sous les balles ennemies sans avoir la possibilité de répliquer. Victorio, identifiable à sa chemise rouge, charge les lignes mexicaines avec pour seule arme son couteau. La mort vient. Soixante-deux guerriers, seize femmes et enfants gisent sur l'herbe rougie, morts et scalpés. Les Mexicains ont emmené les survivants, soixante-huit femmes et enfants, pour les vendre comme esclaves. Des busards tournent haut dans le ciel, attendant le départ de la troupe. Des chevaux et des chiens qu'on n'a pas achevés gémissent comme des humains.

Quand Kaahtenay revint avec deux mules chargées de munitions, il trouva Nana prostré devant le corps mutilé de Victorio. Le vieux chef murmurait : « Tu es mort debout... Tu as refusé la honte de l'emprisonnement, tu as refusé la vie d'esclave. Je ne pleure pas, Victorio, je ne pleure pas, tu es parti rejoindre le Monde-de-l'Ombre en homme libre. »

Qui pourrait nous reprocher d'emprunter l'épitaphe du poète irlandais ?

Hautement,
Regarde la vie, la mort,
Cavalier, et passe !

Autour des sources Ojo Caliente, l'esprit de Victorio et de Mangas Coloradas hantent encore la Sierra Mimbres.

Les dix-sept Chihennes survivants, accablés, oscillaient entre douleur et haine. Les morts enterrés, sous de gros rochers. Le peuple chihenne était en train de disparaître.

Avant de quitter le lac des Tres Castillos, Nana jura de prendre de nombreuses vies pour venger les morts. Les dix-sept rescapés s'évanouirent quelques mois dans la Sierra Madre, rejoints par une petite bande de rebelles mescaleros qui s'était placée sous le commandement de Nana. Le vieux guerrier allait tenir sa promesse, le sang des ennemis allait couler, sans retenue.

Pour le premier raid de vengeance, Nana avait choisi le village de Tres Castillos, la population fut massacrée, et, plus tard, lors d'une embuscade au nord d'El Paso, l'escorte du colonel Terrazas – le responsable de la mort de Victorio et de sa bande – fut décimée. En juillet 1881, les rebelles passèrent la frontière pour lancer une série de raids meurtriers au Nouveau-Mexique contre tout ce qui ressemblait à un Américain ou à un Mexicain : détachements de l'armée, milices, mineurs, ranchs, diligences... Dix compagnies de cavalerie, huit d'infanterie et deux d'éclaireurs indiens ne parvinrent pas à les intercepter, et subirent de lourdes pertes, tandis que Nana et ses quarante-deux guerriers repassaient la frontière en août, sans avoir perdu un seul homme.

Pendant ce temps-là, Geronimo et les Chiricahuas cherchaient à se faire oublier à San Carlos, où la situation se détériorait de manière alarmante. Limogé pour cause de « trafics éhontés », Hart avait entraîné dans sa chute le commissaire aux Affaires indiennes ainsi qu'un grand nombre d'inspecteurs salis par trop de scandales. Tiffany, le nouveau chef de l'agence, suivait l'inévitable ornière de la corruption, en y ajoutant le vol qualifié ; cela pour le plus grand malheur des populations indiennes de

San Carlos qui végétaient dans ce climat de décomposition et de frustration. Alors, quand Noch-Ay-Del-Klinne – un jeune mystique white mountains de Cibicue, nommé « le Rêveur » – affirma aux Indiens qu'il possédait le Pouvoir de communiquer avec l'esprit des morts, les Apaches ne demandèrent qu'à le croire. Les délirantes déclarations du Rêveur promettaient le retour à la vie des grands chefs disparus et l'avènement d'une nouvelle ère de gloire et de grandeur pour le peuple apache. Autour de lui, les adeptes se rassemblaient, toujours plus nombreux, à l'occasion d'interminables cérémonies où les danses et les chants frénétiques finissaient en transes hypnotiques. Comme « l'esprit des anciens chefs » tardait à se manifester, le Rêveur prétendit que la puissance de son « Pouvoir » dépendait de la disparition des Blancs. Geronimo et Juh qui campaient non loin de Cibicue, en amont de la Carrizo Creek, accordaient peu de crédit aux divagations du jeune chaman.

La fièvre mystique montait, la contagion gagnait jusqu'aux scouts de la police indienne. Enivré par son succès, le Rêveur restait sourd aux injonctions de Tiffany et du colonel Carr, le commandant militaire de Fort Apache, et persistait dans son délire sans voir venir le danger. En août 1881, une grande cérémonie rassembla de nombreux disciples – en majorité des Apaches white mountains et des Coyoteros – à Carrizo Creek. Des scouts des polices indiennes de San Carlos et de Fort Apache participèrent aux danses ; les bandes, hier ennemies, fraternisaient dans une communion mystique. L'exaltation gagnait, certains parlèrent de passer aux actes, de se soulever et de chasser les Blancs. Le « prophète », dépassé par l'ampleur du mouvement, semblait soudain beaucoup plus doux que ses brebis. L'agent Tiffany, affolé par la tournure que prenaient les événements, voulait sans attendre faire abattre le Rêveur ; le colonel Carr pensait qu'il serait plus adroit de l'arrêter et d'essayer de le « retourner ». Tiffany fut bien obligé de céder.

Le 30 août 1881, le colonel Carr, à la tête de cent dix-sept hommes, dont vingt-trois scouts-apaches, se présenta au campement de Cibicue pour arrêter l'agitateur. Après de longues palabres, le Rêveur accepta de les suivre jusqu'à l'agence. La nuit venait, la route était longue jusqu'à Fort Apache. Les soldats et leur prisonnier bivouaquèrent à une dizaine de kilomètres de Cibicue. La nuit avançait, l'esprit des Indiens restés au campement s'échauffait. Peu avant l'aube, des disciples en armes, rejoints par un certain nombre de scouts déserteurs, tombèrent sur le bivouac endormi, les soldats répliquèrent. Dans la confusion, un sergent abattit sans sommation le « prophète » qui cherchait à s'évader de sa prison improvisée – des caisses de ravitaillement et des selles de bât mises en cercle. Dix-huit Apaches et huit soldats trouvèrent la mort pendant l'accrochage. Les huit cents Apaches du nord de la réserve auraient pu facilement exterminer les soldats : ils se contentèrent de voler une centaine de chevaux et de mules, des caisses de vivres et de munitions, et d'incendier quelques ranchs mormons. Ce n'était pas un soulèvement, pas même une révolte, seulement l'expression désespérée d'hommes déjà vaincus. Trois compagnies de cavalerie arrivées en renfort pour prévenir de nouvelles éruptions de violence, suivies de vingt autres unités établirent un quadrillage serré de la réserve. Le retour au calme et l'arrestation des meneurs – trois furent pendus – ne diminuèrent en rien l'ampleur de ce déploiement de forces disproportionnées.

Chez les Apaches de San Carlos, l'inquiétude et la peur gagnaient. Des rumeurs sur l'exécution imminente des chefs chiricahuas et nednis couraient dans les campements. Geronimo et Juh se préparaient au pire. Un climat néfaste propice aux erreurs de jugement. Dans la nuit du 30 septembre 1881, Geronimo, Juh, Naiche et soixante-quatorze guerriers s'enfuirent de San Carlos avec femmes et enfants. Dès l'aube, le général Willcox les prit en chasse, tentant de bloquer la route de la frontière. Une route parsemée des cadavres de ceux qui avaient eu la malchance de croiser les fuyards.

*

Malgré les protestations d'Azul et des autres femmes, le lieutenant Purington, prévenu par le médecin militaire, a fait transporter Geronimo en chariot-ambulance à l'hôpital de Fort Sill, un voyage pénible. Le médecin a diagnostiqué une pneumonie aiguë et s'attend à voir mourir le malade dans la nuit. Nous sommes le lundi 15 février 1909.

Dans la petite chambre de l'infirmerie, Eugène Chihuahua regarde la vie s'en aller sur le visage du vieux guerrier. Eugène est le fils de Chihuahua, un fidèle compagnon d'armes de Geronimo, un guerrier redoutable, mort en captivité. Eugène se sent coupable, c'est lui qui a demandé à un soldat rencontré à Lawton d'acheter du whisky pour Geronimo, et c'est de cela que le vieux chef est en train de mourir. Eugène se sent coupable et triste, comme si son père allait mourir une seconde fois. Oppressé, il quitte la chambre en toute hâte, bousculant le médecin sur le pas de la porte.

Le médecin referme doucement la porte. Après un moment de flottement, il va au chevet de Geronimo, lui touche le front, petite grimace, lui prend le poignet tout en consultant sa montre.

— Le cœur est lent, dit-il, pour lui-même.

Geronimo ouvre les yeux et, la voix rauque, murmure :

— Il faut dire à mon fils et à ma fille de venir... Ils sont à Chilocco... Roberto et Eva... Dis-leur que je les attends...

— Ce n'est pas de mon ressort, lâche le médecin dans un bâillement de fatigue et de lassitude. Je vais prévenir le lieutenant Purington.

La nuit vient, Daklugie pousse la porte. Une ébauche de sourire adoucit le visage fripé de Geronimo. Daklugie est comme un fils, un fils qu'il aurait choisi. Daklugie s'assoit, prend la main du vieil homme dans la sienne.

— Tu sais comment je l'ai connu, ton père ?

Daklugie connaît l'histoire par cœur, sa mère la lui a racontée quand il était petit, dans la Sierra Madre ; Geronimo également, une multitude de fois, quand la nostalgie et l'alcool se rencontraient.

— Oui, je sais, mon oncle... J'aimerais l'entendre encore une fois...

Le sourire de Geronimo se fait tendre, il ferme les yeux et murmure un chant avant de parler :

— J'ai l'impression que c'était hier... J'étais alors un enfant, j'avais à peine vu douze printemps... non... un peu moins... Mon père

153

m'avait déjà donné un poney... je me souviens, un petit cheval noir volé à un Espagnol de Casas Grandes... Un jour, une bande de Nednis est venue nous rendre visite dans les montagnes Chiricahuas... La rancheria était en fête... C'est là que j'ai vu Juh pour la première fois. Il avait à peu près mon âge, mais il était beaucoup plus grand et aussi plus costaud... et il aimait bien s'amuser déjà... Tous les après-midi, lui et d'autres enfants de son clan se cachaient dans les sous-bois pour regarder les filles ramasser des glands et des fraises sauvages... Quand les paniers étaient pleins, ils s'en emparaient en poussant de grands cris pour effrayer les jeunes filles... Ton père ne s'attaquait qu'à Ishton, sans doute parce qu'il en était déjà amoureux... Ishton ne se plaignait pas, elle voulait se débrouiller toute seule ; mais grand-mère a eu vent de l'histoire et vraiment elle n'était pas contente. Alors elle m'a demandé d'aller corriger Juh et ses amis. J'ai réuni un petit Conseil de guerre et j'ai monté une embuscade. On avait l'avantage de la surprise et de bien connaître le terrain. Juh s'est pris de bons coups de bâton sur la tête. Il s'est vengé, et après cela on est devenu de grands amis... et il a épousé Ishton.

Le silence qui suit contient la tristesse.

— Tu sais, il me manque, ton père. J'ai toujours eu beaucoup d'amour pour lui.

*

Le vieux Nana et sa bande avaient rejoint les fugitifs de San Carlos dans la Sierra Madre où ils avaient installé leur rancheria, le long d'un torrent, au pied d'un grandiose massif rocheux de plus de mille cinq cents mètres. Un petit sentier rocailleux serpentait sur les flancs escarpés de cette forteresse naturelle qui abritait sur ses sommets les redoutables Nednis : un sanctuaire jamais violé par les ennemis. Les guerriers nednis passaient pour être les plus féroces et les plus sauvages des Chiricahuas ; leur chef Juh – « Capitaine Whoa » pour les Mexicains – jouissait, tout comme Geronimo, d'une solide réputation de chaman de guerre. Juh et Geronimo étaient comme deux frères. Des liens d'autant plus étroits que Juh avait épousé Ishton, la sœur préférée de Geronimo, en vérité sa cousine ; chez les Apaches, le même mot désigne cousin et frère. Ce colosse taciturne, à l'allure inquiétante, avec ses cheveux tressés qui lui tombaient sur les reins, avait un sérieux défaut d'élocution qui disparaissait quand il chantait. Ces bégaiements le rendaient maladroit lors de transactions avec les Blancs ou les Mexicains, souvent Geronimo était amené à négocier à sa place ; certains en déduisaient, à tort, que ce dernier était le chef des Nednis.

Durant l'automne, les fugitifs vécurent, paisibles et discrets, à l'heure indienne. Et souvent, bandes et clans, éparpillés comme de coutume, se retrouvaient pour les fêtes et les cérémonies. La menace d'opérations militaires d'envergure, sans être entièrement écartée, ne présentait pas un caractère inquiétant. Prudentes, les unités de l'armée mexicaine n'osaient pas s'aventurer dans ces sanctuaires effrayants et mortels. Des espions à la solde du gouvernement, régulièrement envoyés et sacrifiés, rappelaient aux rebelles que les autorités militaires n'avaient pas renoncé à les réduire. Suivant la loi des nomades qui veut qu'on ne vole pas là où l'on dort, les Apaches entretenaient des rapports cordiaux de bon voisinage, fondés sur le troc, avec les paysans et les commerçants mexicains de la région.

Au printemps, à l'instigation de Geronimo, les bandes réunies en conseil réfléchirent à l'opportunité de tirer de sa misère la bande de Loco restée à San Carlos.

— L'été approche, dit Naiche, les maladies et la famine risquent d'anéantir nos frères parqués sur les plaines malsaines de la Gila... Le gibier est rare, Tiffany leur vole les rations. Comment vont-ils faire pour survivre ? Nous devons encore essayer de les convaincre de nous rejoindre dans la Sierra.

— Loco a déjà refusé ! signala Perico avec humeur. Il a dit non à tous les messagers que nous lui avons envoyés. On ne peut pas forcer un âne à boire, même quand il a soif !

— On doit pouvoir ! affirma Geronimo sans la moindre vantardise. Loco est un grand guerrier, seulement il n'a pas compris que l'Homme-Blanc veut la disparition totale de l'Apache... Nous devons l'obliger à comprendre...

Perico, après une moue de perplexité, eut un bon sourire et dit :

— Il est sage de vouloir que les frères ne soient pas longtemps séparés...

— Ce n'est pas la seule raison, précisa Geronimo d'un ton moins sentimental. Nous avons besoin de Loco et de ses guerriers pour combattre les soldats mexicains et ces chiens de *rurales* qui grouillent dans les vallées comme des vers sur une charogne. Nous avons besoin de ses femmes et de ses enfants, pour que notre tribu soit plus forte et grandisse.

Après plusieurs jours de débats, le conseil décida qu'un « parti de guerre » irait récupérer la bande de Loco au début du printemps, en employant la force si la parole n'était pas entendue. De l'autre côté de la frontière, la rumeur d'un raid chiricahua sur San Carlos avait fini par parvenir aux oreilles des autorités militaires. Le général Willcox ordonna la mise en alerte des postes-frontières et tripla les patrouilles. Un dispositif qui n'allait nullement empêcher les « Hostiles » de passer.

Loco signifie « fou » en espagnol. Ce nom, il le devait aux soldats mexicains impressionnés par son courage et sa témérité au combat. D'autres Apaches insinuaient avec malice que ce sobriquet lui venait de sa folie, car il faut être fou comme Loco pour croire à la parole de l'Homme-Blanc. Loco, loin d'être un vulgaire « collaborateur », gardait ses distances avec l'administration et jouissait du respect des Braves. Conscient d'appartenir au Peuple-des-Vaincus, il ne voulait pas imposer aux femmes et aux enfants une vie de bêtes traquées dans les montagnes de la Sierra Madre ou d'ailleurs. La bande de Loco, installée sur une terre caillouteuse et désolée entre les rivières Gila et San Carlos, non loin de l'agence principale, conservait, malgré l'extrême misère, sa cohésion et sa dignité. Des émissaires de Geronimo avaient demandé à Loco de se tenir prêt à s'enfuir à l'aube de la saison des Feuilles-Nombreuses ; mais le chef chihenne persistait dans son refus, n'ignorant pas que certains de ses lieutenants se montraient moins radicaux que lui et que de nombreux jeunes rêvaient de la liberté près des sources du rio Yaqui.

Dans la sierra, Nana et ses guerriers veillaient à la sécurité des femmes et des enfants tandis que l'expédition conduite par Geronimo et Naiche – forte d'une soixantaine de guerriers dont Chato, Chihuahua, Perico et Fun – passait la frontière par petits groupes, au nord-ouest de Fort Bowie. Une traversée sans encombre malgré les troupes américaines en état d'alerte. Puis, escaladant la chaîne des Stein Peaks, ils glissèrent vers la vallée de la Gila, où la bande se regroupa. Après trois nuits de marche – ils se cachaient le jour –, ils arrivèrent en vue de la ferme d'élevage de moutons appartenant à George Stevens, shérif du comté de Graham. Un Mexicain, Victoriano Mestras, en assurait l'exploitation avec l'aide d'une dizaine de ses congénères et de trois familles de bergers apaches white mountains.

Peu avant l'aube, les Chiricahuas investirent la ferme et rassemblèrent les employés terrorisés devant le bâtiment principal. Geronimo s'approcha de Mestras, livide malgré les reflets flamboyants de sa splendide chemise brodée. Les deux hommes se connaissaient. Jadis, alors qu'il n'était qu'un enfant, Mestras avait été recueilli par la bande de Geronimo qui, à l'époque, s'était montré généreux envers le jeune orphelin. À la fin de l'adolescence, Mestras avait préféré quitter le camp de ceux qui allaient perdre. Geronimo, un peu déçu, avait compris.

— Alors, Victoriano, ça te plaît de travailler

pour le shérif ? J'ai entendu dire qu'il aimait beaucoup les cadavres de Chiricahuas...

— Je ne sais pas, Geronimo... Moi je travaille... c'est seulement... pour nourrir ma femme et mes enfants... j'en ai trois... et...

— Moi aussi j'en avais trois..., murmura Geronimo. Et tes frères... tes frères mexicains, ils aiment bien les cadavres de Chiricahuas ?

— Geronimo, tu ne vas pas nous faire de mal !

Mestras, au bord des larmes, lui parla de la dureté de la vie, en évitant son regard. Geronimo l'interrompit, en lui tapotant le bras, aimable.

— Elle est belle ta chemise ! tu me la donnes avant que le sang ne la salisse...

Tandis que Mestras, le visage en sueur malgré l'air piquant du matin, retirait sa chemise, Geronimo ordonna aux Mexicains de tuer quelques moutons et à leurs femmes de préparer le repas. Tous s'acquittèrent de ces tâches avec diligence, la peur au ventre.

Peu après la fin d'un repas que les Apaches avaient partagé dans la bonne humeur avec leurs prisonniers, les guerriers se jetèrent sur ces pauvres gens, les tuant à l'arme blanche et à coups de crosses de fusil, n'épargnant ni les femmes ni les enfants en âge de parler. Un massacre rapide et silencieux. Geronimo, à l'écart, supervisait l'exécution sommaire des

« témoins ». La fuite du fils cadet de Mestras, un gamin de neuf ans, venu se cacher derrière la longue jupe d'une White Mountains, ne lui avait pas échappé. Il s'approcha de la femme et tira à lui l'enfant trop épouvanté pour se débattre ou implorer. Insensible au regard perdu du gamin, Geronimo sortit son couteau de l'étui.

— Non, Geronimo.

Naiche avait parlé avec douceur.

— On avait dit pas de témoins, grogna Geronimo entre ses dents. Même un enfant peut prévenir les soldats.

Naiche était le chef héréditaire des Chiricahuas, Geronimo le chaman de guerre. Pendant la durée du raid, le chef de guerre détenait le pouvoir. L'amitié et le respect, fortifiés par les épreuves, unissaient les deux hommes au-delà d'une simple complicité de guerriers. Un éclair de folie traversa le regard de Geronimo. Le couteau s'éleva lentement au-dessus de la tête de l'enfant. Naiche pointa son fusil sur la poitrine de Geronimo et arma.

— Mon frère, ce n'est pas ainsi que tu honores la mémoire des tiens.

Geronimo relâcha l'enfant qui courut se blottir dans les bras d'une grand-mère apache. Naiche rabaissa son arme et dit :

— On laissera deux guerriers au ranch pour surveiller l'enfant et les femmes white mountains. Les hommes viendront avec nous, ceux qui refuseront seront abattus, comme convenu.

Ils marchèrent toute la nuit, prenant position, avant l'aube, dans les sous-bois clairsemés qui longent la Gila à l'est de l'agence, en face du campement de Loco. Des guerriers s'en allèrent prévenir leurs partisans dans les différents campements, tandis que d'autres coupaient les fils télégraphiques. Puis ils attendirent le lever du soleil pour passer à l'action.

Quand Chihuahua lança un galet en l'air – le signal convenu –, les guerriers traversèrent en silence la rivière. Ils avancèrent vers les campements, tandis qu'à l'ouest un autre groupe, à cheval, progressait sur une longue ligne dans une manœuvre d'encerclement. Quand le dispositif fut en place, Geronimo donna l'ordre de l'assaut en tirant en l'air un coup de carabine. Les cris des assaillants contribuèrent à réveiller le campement endormi. Les wickiups se vidèrent dans la confusion : les membres de la bande de Loco découvrirent, à quelques mètres d'eux, une ligne de guerriers immobiles, l'arme au poing. C'était le 19 avril 1882.

Naiche hurla :

— Emmenez-les tous ! Tuez ceux qui refusent de nous suivre.

La ligne se brisa en une multitude de segments et les guerriers se dispersèrent au pas de course dans le campement pour hâter le mouvement. Les femmes et les enfants s'activaient dans la pagaille, entre les hommes immobiles, bras croisés. Fun se porta à côté de Loco, le menaçant de son fusil. Le vieux chef borgne – un grizzly lui avait arraché l'œil gauche – savait que le cauchemar aux yeux morts chevauchait son monde et que le combat de Geronimo était sans espoir. Et pourtant...

— Tu n'as pas besoin de me menacer, dit Loco, je ne donnerai pas l'ordre à mes guerriers de résister. Le sang apache ne coulera pas à cause de moi.

— Je sais, Loco. Mais tu dois diriger l'évasion. Avec toi, ils ne traîneront pas les pieds.

— Si je refuse, tu me tueras ?

— Oui, répondit Fun dans un doux sourire où la fatalité et le respect le disputaient à la détermination.

— Mes guerriers ne te laisseront pas vivant.

— Sans doute, dit Fun.

Le vieux chef, Fun dans son ombre, donna ses ordres calmement et en quelques minutes le campement fut évacué. Les fugitifs, guidés par Geronimo et Naiche, quittèrent la réserve par l'est en suivant les collines qui bordent la Gila et, à la nuit tombante, ils atteignirent les montagnes de la Gila. Avant de quitter San Carlos, Geronimo avait attiré dans un guet-apens, et tué, le chef de la police indienne et l'un de ses seconds. Il les avait tués pour l'exemple, signifiant ainsi le caractère irréversible de cette évasion. Loco et ses guerriers avaient compris le message.

Un rapide conseil se réunit, Loco y fut admis ; Chihuahua et quelques hommes furent chargés d'aller se procurer le ravitaillement pour nourrir la centaine de guerriers et les quatre cents femmes et enfants. Après le conseil, ils s'épuisèrent dans une marche de nuit. Un déplacement laborieux, pour cette troupe en mauvaise condition physique, que la vie à la réserve avait ramollie. De nombreux jeunes gens de la bande de Loco, n'ayant pas reçu de formation de guerrier, se révélaient inaptes au combat. À l'aube, Chihuahua rejoignit, avec plus de trois cents moutons, le gros de la bande au point de rendez-vous. Le conseil décida une halte de deux jours dans ces montagnes boisées, pour leur permettre de voler des chevaux et des mules nécessaires au transport des « captifs » incapables de continuer la route à marche forcée sur les trois cents kilomètres restants. Quelques ranchs furent pillés, ils passèrent une journée à dresser les nombreux chevaux volés. Pendant cette halte, un semblant de vie sociale reprit son cours et une jeune fille qui eut ses premières règles ne fut pas privée de la cérémonie du Soleil-Levant, ramenée à une forme abrégée. D'ordinaire, ce rite de la puberté, qui consacre le passage de l'état de jeune fille à celui de femme, se déroule sur quatre jours et quatre nuits de danses, de chants rituels et de fêtes.

Depuis leur départ de la réserve, les fuyards avaient croisé et tué une cinquantaine de témoins — fermiers, prospecteurs, cow-boys, convoyeurs... — susceptibles de renseigner l'armée lancée à leurs trousses. Une férocité d'animal traqué dictée par les règles cruelles de la survie qui excluent la compassion et bien souvent la simple humanité. La barbarie des victimes est-elle de même nature que celle des bourreaux ? Encore un problème mal posé. La violence n'est pas une denrée neutre. La politique qui consiste à éradiquer l'âme d'un peuple contient en soi toutes les brutalités.

À la tombée de la nuit, les rebelles et les « captifs », par petits groupes, gagnèrent les contreforts de Stein Peaks et se regroupèrent près d'un petit lac pour se reposer avant d'entreprendre, le lendemain soir, la dangereuse traversée de la vallée de San Simon. Les éclaireurs du colonel Forsyth, qui avaient repéré les traces délibérément laissées par l'arrière-garde de Geronimo, tombèrent dans une embuscade meurtrière. Le but était de retenir les troupes américaines pour laisser le temps aux fugitifs de traverser cette large cuvette à découvert.

Peu après l'aube, ils se trouvaient en sécurité dans les monts Chiricahuas où ils se reposèrent toute la journée avant de reprendre la route du Mexique à la nuit tombée. Ils passèrent la frontière sous un ciel étoilé, persuadés de ne plus rien avoir à craindre des troupes américaines. Une dramatique erreur d'appréciation. Le colonel Forsyth, à la tête de cinq cents cavaliers, avait décidé d'ignorer la frontière. Son avant-garde, composée de quarante-sept éclaireurs white mountains et de cinquante cavaliers commandés par le capitaine Tupper, n'avait pas lâché la piste des rebelles qui, rassurés, se déplaçaient de jour dans les plaines et collines basses de Janos.

Les Apaches établirent un campement provisoire dans la Sierra Emmedio pour quelques jours de repos avant de continuer vers le sud. Une corniche rocheuse surplombait l'arrière du campement installé près d'une source, au pied d'une petite montagne escarpée. La réussite du raid avait hâté la réconciliation. Loco et sa bande ne se sentaient plus des « captifs », ils étaient redevenus des Apaches libres. Ce furent deux jours de fêtes ininterrompues avec ses chants, ses danses et ses jeux. Les femmes avaient pris le temps de préparer des bulbes de maguey – le fruit défendu à San Carlos – qui cuisaient sur des cailloux portés au rouge dans de petites fosses non loin de la corniche.

Les lumières du campement apache luisaient dans la nuit alentour ; des lueurs assez vives pour être perçues par le détachement du capitaine Tupper qui, aussitôt, envoya en reconnaissance Al Sieber, le chef des éclaireurs, escorté par quatre de ses meilleurs hommes. Al Sieber, une des grandes figures de l'Ouest sauvage, était un individu courageux, froid et brutal comme l'époque en produisait. La vive antipathie qu'il éprouvait pour la personne de Geronimo ajoutait de la fureur à sa détermination. Après avoir contourné au loin par le nord le campement apache et escaladé l'autre versant de la petite montagne escarpée, les éclaireurs d'Al Sieber découvrirent les fugitifs en liesse occupés à danser et à chanter autour d'un grand feu. C'était une douce nuit de printemps, aucune sentinelle ne veillait.

Durant la nuit, Sieber et ses quarante-sept éclaireurs apaches white mountains prirent position sur la corniche – un endroit stratégique qui empêchait toute retraite vers la montagne –, tandis que le capitaine Tupper et ses cinquante cavaliers prenaient position dans la plaine, attendant l'aube pour charger l'avant du campement. Pris sous un tir croisé, sans possibilité de repli, les rebelles devaient être anéantis.

La nuit s'éclaircissait à l'est et les Apaches dansaient toujours. Le petit-fils de Loco, sa mère et deux autres femmes, partis vérifier la cuisson des racines de maguey, s'approchèrent des éclaireurs ennemis embusqués sur la corniche ; se croyant découvert, un éclaireur déclencha le tir : les deux femmes tombèrent sous les balles, le petit-fils de Loco et sa mère eurent le temps de se dissimuler derrière les rochers. Les Apaches du campement se replièrent vers une petite colline rocheuse sous le feu des éclaireurs, la pénombre de la nuit finissante leur permettant de se mettre à l'abri sans essuyer trop de pertes. Coincés entre les hommes du capitaine Tupper et les éclaireurs qui bloquaient l'accès à la montagne, les Apaches leur tenaient tête sans pouvoir les repousser ou se dégager. Le capitaine Tupper, prudent, attendait l'arrivée des quatre cents hommes du colonel Forsyth avant d'ordonner l'assaut.

Loco avait rampé vers la corniche afin de se trouver au plus près des éclaireurs ennemis, et néanmoins apaches, avec l'idée de les retourner.

— C'est Loco qui vous parle... Vous êtes des Apaches comme nous, pas des Tuniques-Bleues ! Usen ne nous a pas donné le souffle pour vivre comme des esclaves... Tuez votre officier et rejoignez-nous dans la Sierra Madre !

Malgré la pluie de plomb qui convergea vers lui, Loco réussit à entendre la voix d'un de ses frères d'hier lui hurler : « Tu vas faire le malheur des tiens, la médecine de l'Homme-Blanc est la plus puissante ! »

Comme l'ensemble des Apaches, rebelles inclus, les éclaireurs savaient que leur mode de vie et leur vision du monde étaient voués à la disparition. La société industrielle, après avoir remis au pas un Sud agricole et passéiste, sous le prétexte humanitaire de l'abolition de l'esclavage, se devait d'en finir avec ces sauvages qui ne respectaient ni le travail ni la propriété. Ce n'était pas tant les terres indiennes qui posaient un problème à Washington que le rapport qu'entretenaient les Indiens avec cette terre. La marchandise n'admet que sa propre concurrence et l'Indien devait rentrer dans cette logique ou mourir. Ce n'était pas du racisme, mais de l'économie. Les éclaireurs, eux, combattaient leurs frères apaches pour fuir l'ennui de la réserve, c'était aussi un des seuls moyens de rester malgré tout, pour quelque temps encore, des guerriers ; l'attrait de la solde jouait peu.

Loco, légèrement blessé à l'épaule pendant l'accrochage, avait regagné la colline rocheuse. Cette guerre de position traîna toute la matinée, faisant peu de dégâts. Au début de l'après-midi, quatre guerriers réussirent à prendre à revers les éclaireurs d'Al Sieber toujours postés sur la corniche, les obligeant à se replier vers la plaine. Profitant de la diversion, les non-combattants encadrés par quelques guerriers se dispersèrent discrètement dans les contreforts boisés de la Sierra Emmedio, tandis que Geronimo et le gros des guerriers protégeaient leur fuite par un tir nourri. À la tombée de la nuit, les guerriers décrochèrent, par petits groupes, laissant sur place les Américains bien trop fatigués pour les poursuivre.

Les Apaches regroupés au lieu du rendez-vous, au fond d'un cañon désolé et inaccessible à cheval, entamèrent une nuit de marche. Entre les gémissements des blessés et la douleur des familles qui pleuraient la mort de quatorze d'entre eux, ils essayaient d'éloigner le découragement et la fatigue en rêvant aux eaux limpides des torrents de la Sierra Madre. La perte de leurs chevaux, tombés aux mains des assaillants, rendait leur progression plus pénible, surtout avec le nombre élevé de blessés.

Dans la clarté du jour naissant, un éclaireur yaqui, au service du 6ᵉ régiment d'infanterie mexicaine, observait à la jumelle la longue colonne d'Apaches se découpant sur les collines basses des plaines de Janos. Il éprouvait de la tristesse pour ces Indiens qui titubaient, épuisés par les quarante-cinq kilomètres parcourus dans la nuit. Les siens aussi avaient été traqués de la sorte, il n'y avait pas si longtemps. Le Yaqui termina sans hâte de fumer son cigare avant d'éperonner sa jument pour se rendre au rapport. Le colonel Garcia avait eu vent de l'évasion de San Carlos.

Après une petite heure de repos près d'un point d'eau boueuse qui se perdait dans le sol argileux, la colonne chaotique s'ébranla vers les collines arides moutonnant à l'infini. Au loin, la ligne de crête de la Sierra Madre sous un ciel immaculé semblait contenir la promesse d'un repos éternel, l'épuisement ayant annulé tout autre désir. Geronimo, craignant une attaque américaine, fermait la marche avec le gros des guerriers. Encore des heures et des heures d'une marche harassante sous un soleil brutal avec pour seul encouragement les reflets bleus et ocre de la Sierra Madre qui lentement se rapprochaient.

À huit cents mètres des éclaireurs apaches, deux des trois compagnies du 6e régiment d'infanterie mexicaine, déployées à flanc de collines, bloquaient le passage, ce qui provoqua la panique dans la colonne apache composée essentiellement de non-combattants. Soudain, la troisième compagnie, embusquée en aval, surgit d'un ravin qui longeait la piste et ouvrit le feu à bout portant, fauchant femmes et enfants.

Plus de soixante-dix cadavres et des dizaines de blessés gisaient au sol, tandis que les soldats tiraient sur les fuyards. Geronimo, en arrière-garde à plus d'un kilomètre et demi de là, évalua vite l'état de la situation. Par un déclenchement de tirs, plus bruyants que mortels, il attira les soldats mexicains vers le lit desséché du rio Aliso, où il avait pris position avec ses guerriers, afin de permettre aux non-combattants de se réfugier dans les collines avoisinantes. Des femmes et des enfants isolés du groupe de tête les rejoignirent en catastrophe. Comme prévu, le colonel Garcia et ses deux cent cinquante fantassins firent mouvement vers la rivière pour encercler la quarantaine de guerriers et autant de non-combattants.

Les autres, en petits groupes, éparpillés dans les environs, commençaient à rejoindre le lieu de rendez-vous à plus de trente kilomètres de là. À chaque étape d'un voyage, les Apaches prévoyaient un point de ralliement en cas d'attaque, la consigne pour les non-combattants était la dispersion immédiate dans toutes les directions ; même les jeunes enfants étaient rodés à cette pratique.

Dans le lit du rio Aliso, les assiégés creusèrent des trous à la hâte dans le sol meuble de la rivière pour s'y dissimuler. À l'aide de leurs couteaux, les femmes en firent un profond labyrinthe ; elles trouvèrent de l'eau. À l'abri dans leurs tranchées, les assiégés pouvaient repousser les assauts des soldats forcés d'attaquer à découvert.

— Restez invisibles, changez de place pour tirer, hurlait Geronimo en bondissant d'un trou à l'autre. Ne gâchez pas vos balles. Tuez les officiers !

Protégée par une grosse pierre qu'elle faisait rouler devant elle, une femme rampa jusqu'aux lignes ennemies afin de récupérer les cartouchières sur les soldats morts. À sa troisième sortie, un tireur d'élite la blessa mortellement à la tête. Confrontées au combat, les femmes apaches ne se dérobaient pas et aidaient les guerriers en difficulté ; certaines, appelées *Femmes-Cheval,* jouissaient du même statut que celui des guerriers.

Geronimo, mobile, les yeux rivés à ses vieilles jumelles espagnoles, donnait ordres et recommandations en fonction des mouvements des troupes ennemies. Intrigué par une longue accalmie qui avait suivi l'échec d'un assaut particulièrement coûteux en vies mexicaines, il s'était approché au plus près des lignes mexicaines, et avait repéré, en amont du rio, à l'écart de la zone de combats, six officiers réunis en conférence. Empruntant un des bras secondaires de la rivière, il progressa vers eux, s'approchant si près qu'il put entendre les voix portées par le vent. Dissimulé derrière un massif de roseaux, il regrettait que le colonel Garcia ne soit pas avec ses officiers.

— Le colonel est persuadé que Geronimo se trouve bloqué dans ce trou à rats avec tous ces fils de putes de sauvages. Il doit mourir avant la fin du jour. Attaquez en même temps par les deux flancs. Pas de prisonniers.

— Il y a des femmes et des enfants, commandant.

— J'ai dit : pas de prisonniers. Exterminez cette vermine et n'épargnez pas vos hommes ! Abattez ceux qui refusent de monter à l'assaut. Retournez à vos unités et déclenchez l'opération dans un quart d'heure. Exécution !

Au moment où l'officier prononçait ces paroles définitives, une balle du fusil de Geronimo le fit taire pour toujours. Dans les tranchées, le cri de guerre des Apaches salua l'initiative de Geronimo.

Menacés par leurs officiers, les soldats mexicains montèrent à l'assaut sans grande conviction pour aussitôt se replier en désordre devant la riposte indienne. Les combats, sporadiques, se prolongèrent jusqu'à la fin du jour. À la faveur de la nuit, une dizaine d'Apaches rampèrent hors des tranchées et mirent le feu aux broussailles derrière les lignes mexicaines provoquant un énorme feu de prairie ; dans la panique et la confusion qui s'ensuivirent, les Apaches s'évanouirent dans la nuit. Trois officiers et dix-neuf soldats mexicains avaient trouvé la mort ; le nombre des blessés dépassait la centaine. Soixante-dix-huit Apaches, essentiellement des femmes et des enfants tués lors de l'embuscade sur la piste, ne verraient pas les reflets bleus de la Sierra Madre.

Dans la matinée, les fuyards se retrouvèrent

dans un ravin boisé, loin au sud d'Aliso Creek. La longue marche reprit. Encore trois jours de souffrance avant d'arriver aux rancherias de Juh et de Nana.

Malgré les morts laissés sur la piste, la douleur et le deuil, les corps et les esprits abîmés par le calvaire qu'ils venaient de subir, Loco et sa bande se sentaient heureux d'être là, comme avant. Un moment de liberté volé. Seulement un moment. Loco en avait conscience.

La rancheria, plus forte, s'organisait.

Choqué par le manque de résistance physique et le comportement peu combatif des jeunes fugitifs de San Carlos, Geronimo avait jugé urgent de transformer ces adolescents ramollis par la vie de la réserve en guerriers, et veilla à leur initiation suivant les règles ancestrales. Pour être admis dans le cercle des guerriers, un « novice », outre un entraînement vigoureux à la rancheria, doit partir quatre fois en raid de guerre. Sur le terrain, il sait ce qu'il doit faire : entretenir les chevaux et le matériel, s'occuper de la nourriture... et cela sans jamais adresser la parole aux guerriers, excepté pour leur répondre. Après quatre expéditions où il n'est pas autorisé à se battre, et si son comportement a été jugé correct – courage, discrétion, discipline... –, le conseil l'admet comme guerrier, l'unanimité étant requise.

À la fin de l'été, les roulements des tambours

175

apaches se répondaient des deux côtés du cañon qui emprisonne le fleuve Yaqui. Des eaux
glacées que les bandes de Geronimo, Naiche et
Loco traversèrent pour rejoindre, sur les hauteurs du versant ouest, celle de Juh.

Pendant plus d'une année, ils vécurent au
rythme du temps apache. Les raids succédaient
aux fêtes. La sierra leur appartenait.

*

Geronimo s'est assoupi. Daklugie, assis sur
une chaise, le veille. Il pense à sa mère et à sa
sœur, tuées sous ses yeux dans la Sierra Madre.
Il n'était qu'un enfant. Il se souvient des détonations, de la fumée et du ruisseau qui serpentait entre les rochers. Et de l'eau devenue
rouge.

Il se souvient.

Les balles mexicaines viennent de les fau-
cher. Hurlements, gémissements, odeurs de
poudre et de poussière mêlées. À genoux, il
serre le corps inerte de sa mère. À côté, Dakle-
gon, son frère aîné, essaie de contenir les soldats. Juh arrive avec des guerriers, ils repous-
sent les ennemis. Et, après, le silence des morts.
La lumière trop vive du soleil. Le désespoir de
son père, qui jamais ne s'en remettra, le frappe
davantage encore que la disparition de sa mère.
La mort n'est pas encore réelle.

Daklugie pleure comme l'enfant qu'il était, ses souvenirs se conjuguent au présent. Geronimo lui prend la main, il sait ce que ressent son neveu, les paroles sont inutiles. Ishton est dans leur cœur.

— Les Esprits-des-Montagnes sont trop loin pour nous aider, dit Geronimo. Les G'ans manquent à notre peuple... Pourtant... je sens qu'ils sont encore là, dans la sierra... Je sais qu'ils attendront la mort du dernier Apache avant de disparaître... Quel malheur...

Geronimo a parlé avec amertume, l'amertume d'un homme abandonné par son Dieu. Loin des G'ans – les Esprits-des-Montagnes –, l'Apache n'est plus lui-même, car ils sont les protecteurs et les conseillers du peuple N'de – les Chiricahuas. Depuis l'origine, les Esprits-des-Montagnes vivent dans certains lieux en Apacheria, appelés Montagnes Sacrées. L'éloignement annule leur magie. C'est pourquoi les Apaches tiennent tant à leurs terres ancestrales et n'ont aucun goût pour la conquête d'autres territoires.

— Maudits soient ces Blancs qui nous empêchent de vivre comme des hommes !

La colère l'épuise, il s'endort dans l'instant. Daklugie était trop jeune quand il a quitté l'Arizona, les Esprits-des-Montagnes n'ont pas eu le temps d'investir totalement son être. Pourtant les histoires de G'ans que sa mère lui racontait sont toujours présentes. Enfant, il croyait que ces légendes, magiques et quotidiennes, étaient la réalité... Ce soir, il est prêt à le croire encore. L'histoire de l'aveugle et de l'infirme, sa préférée, lui rappelle le sourire de sa mère. Ses yeux se ferment, la voix de sa mère revient...

Elle disait :

« En ce temps-là, les chevaux ne peuplaient pas les terres indiennes et la vie était rude. Souvent, les hommes étaient obligés de se déplacer pour trouver du gibier et des plantes comestibles. Entre montagnes et déserts, vivaient de petites bandes d'Indiens, isolées les unes des autres. L'épouse du chef de la tribu des Collines-Bleues était malheureuse, elle avait mis au monde deux garçons infirmes, des jumeaux. L'un était né sans yeux, l'autre sans jambes. Elle les aimait tellement, ses garçons inachevés. Toute la tribu s'en occupait avec affection, persuadée que derrière ces "manques" de la nature se cachaient des "charmes" magiques et bienveillants. Les enfants grandirent, l'un dans les ténèbres, l'autre cloué au sol, mais ensemble, toujours. Leur cœur n'était pas triste.

Un soir de lune noire, à la saison des Arbres-sans-Feuilles, la tribu fut attaquée par des Hommes-sans-Mémoire venus de l'Est. Écrasée par le nombre, la tribu dut s'enfuir dans la montagne, la horde brutale à ses trousses. Dans la panique, les deux infirmes furent oubliés. Les deux adolescents, seuls dans la rancheria dévastée, n'avaient pourtant pas cédé au désespoir.

"A nous deux, nous serons un homme complet, dit Celui-qui-n'avait-pas-de-jambes. Tu me porteras et moi je regarderai où nous allons.

— Mon frère, nous possédons deux têtes et deux cœurs, dit Celui-qui-n'avait-pas-d'yeux. Nous sommes plus qu'un homme complet."

Ils s'en allèrent vers l'Ouest, dans les montagnes, avec l'espoir de retrouver la tribu. Ils marchèrent longtemps, ne faisant qu'un seul corps, une seule douleur, un seul espoir. Derrière la chaîne montagneuse, un désert de roche, de sable et de poussière s'étendait à perte de vue. Encore une nuit de marche, de souffrance... Au lever du jour, épuisés, torturés par la soif, les jumeaux découvrirent, au loin, les contreforts d'une montagne zébrée de bleu, de vert et d'ocre. À bout de forces, incapables de faire un pas de plus, ils ne pouvaient que contempler ce paysage inaccessible, avant que la mort ne les fasse redevenir poussière. La lumière blanche du soleil, haut dans le ciel, écrasait la montagne bleue qui semblait s'être éloignée. Les deux adolescents allongés dans le sable murmuraient un chant de la mort quand, de nulle part, surgirent des G'ans qui avaient pris l'apparence de quatre vieillards. Ils déposèrent une outre sur le sable avant de disparaître, fondus dans la roche. L'eau redonna vie aux jumeaux. Dans le ciel sans nuages, un arc-en-ciel semblait leur indiquer le chemin à prendre.

Ils se mirent en route.

Dans la montagne, une petite tribu les attendait. C'était la tribu des G'ans. Durant de nombreuses lunes, les femmes les initièrent à la connaissance des plantes et des esprits des montagnes, à l'apprentissage des rites, des chants et des cérémonies... Quand ils se sentirent prêts, les jumeaux demandèrent aux G'ans de réparer les erreurs de la nature : des yeux pour l'un, des jambes pour l'autre.

Les G'ans en discutèrent longuement.

À la fin du conseil, le ciel passa soudain du bleu au gris. De gros nuages sombres concentrés sur la rancheria explosèrent dans un hurlement d'éclairs et de tonnerre, libérant l'eau. Le silence revint. Dans le ciel dégagé, un petit nuage noir dansait au-dessus des jumeaux, en descendant lentement, jusqu'à les envelopper, jusqu'à les rendre invisibles. Dans les airs, un aigle tournoyait, allant de plus en plus haut, jusqu'à disparaître, jusqu'à se fondre dans le ciel. Alors, le petit nuage se dissipa et les jumeaux découvrirent la tribu assise en cercle autour d'eux.

Maintenant, Celui-qui-n'avait-pas-d'yeux voyait, ses yeux étaient ceux d'un aigle. Celui-qui-n'avait-pas-de-jambes marchait, ses jambes étaient celles d'un chasseur. Le martèlement des mains sur le cuir tendu des tambours donna le signal de quatre jours de chants et de danses. À la nouvelle lune, les jumeaux s'en étaient allés rejoindre les leurs sur l'autre versant de la montagne. »

Daklugie avait rêvé tout haut. Assis dans son lit, Geronimo le regardait avec tendresse.

*

Les Chiricahuas entretenaient de bons rapports avec la ville de Casas Grandes où ils écoulaient le produit de leurs raids. Lors d'une de ces multiples transactions, deux compagnies de la garnison de Galeana, une ville voisine, tombèrent sur les Indiens ; elles en tuèrent plus de vingt et en capturèrent trente-cinq, dont la femme de Geronimo et celle de Chato ainsi que ses deux enfants. Quelques mois plus tard, les morts furent vengés : les Chiricahuas attirèrent hors de la ville un régiment de cavalerie de la garnison de Galeana et l'exterminèrent. C'étaient là les rapports habituels entre les Apaches et l'armée mexicaine. Après la tuerie de Casas Grandes, les bandes réunies quittèrent la province de Chihuahua pour s'enfoncer, à l'ouest, au cœur de la Sierra Madre, du côté de la Sonora. L'entente entre les leaders n'était plus aussi harmonieuse ; comme le veut la coutume apache, ils décidèrent de se séparer pour éviter la discorde. Juh et les Nednis rejoignirent leur sanctuaire plus au sud sur les hauteurs du rio Aros, tandis que Geronimo, Chihuahua, Chato, Naiche et Kaahteney, en bandes distinctes, remontèrent vers le nord pour s'installer, un temps, non loin de la frontière de l'Arizona.

De cette base avancée, vingt-six guerriers commandés par Naiche et Chato dévastèrent au mois de mars la région minière de Tombstone afin de se procurer armes et munitions. Ce raid éclair et meurtrier de huit cents kilomètres allait offrir un prétexte à l'armée américaine pour franchir la frontière, avec l'accord des autorités mexicaines.

Fatiguées, après ces incursions profitables dans le sud des États-Unis, les bandes de Geronimo, Naiche, Chihuahua et Chato descendirent le cañon du rio Bavispe pour regagner leurs repaires habituels au cœur de la Sierra Madre dans les massifs montagneux au sud de Tesorabi. Le repos ne convenait pas à Geronimo qui, dès le mois suivant, leva un parti de guerre avec la ferme intention de ramener des prisonniers à échanger contre les Apaches capturés lors de l'attaque de la rancheria de Juh et du massacre de Casas Grandes.

Quelques jours plus tard, une quarantaine de guerriers à pied prirent les pistes indiennes qui menaient à l'État de Chihuahua. Un itinéraire long de plus de cent cinquante kilomètres en terrain montagneux avant de déboucher sur la cuvette accidentée du rio San Miguel. Arrivés à proximité de Carmen, une petite bourgade bordée par la voie ferrée de la *Mexican Central Railroad*, les Apaches s'emparèrent d'un groupe de voyageurs, tuant les hommes, épargnant les femmes en vue de l'échange.

Poussées sans ménagement vers les collines boisées, sept femmes terrorisées s'étaient résignées à l'idée du viol et de la mort, même si ce n'était pas là des pratiques apaches. Après trois heures de marche forcée, la troupe s'arrêta près d'un ruisseau. Les captives n'osaient pas aller se désaltérer. Betzinez leur ordonna de boire en précisant qu'il n'y aurait pas d'autre arrêt avant la nuit.

— Où sont vos maris ? demanda Geronimo.

La plus âgée des Mexicaines lui répondit qu'ils se trouvaient en garnison à Galeana où elles devaient les rejoindre.

— Des Apaches sont prisonniers des soldats à Casas Grandes et à Galeana. Va dire au gouverneur que Geronimo veut les échanger contre ces femmes et d'autres que nous allons enlever.

La Mexicaine trouva la force de partir en courant, persuadée qu'elle ne reverrait pas ses amies vivantes.

Par petits groupes, la troupe s'ébranla.

À la tombée de la nuit, les Apaches et leurs captives se retrouvèrent près d'une source dans un bois de chênes rabougris où ils établirent leur bivouac. Quatre « novices » s'activaient autour de trois daims qui finissaient de cuire sur un tapis de braises. Les prisonnières épuisées somnolaient à l'écart, derrière un fourré de mesquites. Un des guerriers jeta à leur pied le plus chétif des daims et leur conseilla de manger.

Geronimo et Betzinez, assis près du feu, dévoraient la viande tout en élaborant le plan d'attaque d'une hacienda aperçue à quelques kilomètres un peu plus au nord. Deux éclaireurs se trouvaient sur place pour repérer le terrain. Au beau milieu d'une réflexion sur la qualité du gibier, Geronimo lâcha son couteau. Le visage livide, il resta ainsi quelques instants, les yeux fixes, pétrifié.

Il murmura, d'une voix atone :

— Notre rancheria vient de tomber aux mains des soldats des États-Unis.

Il se leva. Le murmure des conversations cessa.

— Les Yeux-Pâles ont envahi notre sanctuaire.

Les guerriers firent cercle autour de lui.

Manifestation de son Pouvoir, intuition, hasard, transmission de pensées ? Le fait est que le camp de base de Geronimo dans la Sierra Madre venait effectivement de tomber. Après un rapide conseil, les guerriers se mirent en route pour parcourir plus de deux cents kilomètres en terrain montagneux. Deux jours plus tard, ils abandonnèrent leurs prisonnières avant d'escalader la falaise en surplomb de la rancheria. Dans la nuit, ils prirent position dans les rochers au-dessus du camp retranché américain.

Nantan Lupan était de retour. Nantan Lupan : Chef-Loup-Gris. C'était ainsi que les Apaches nommaient le général Crook, en raison de son courage au combat et de sa barbe grise. Le général Crook, en poste depuis une année au département militaire de l'Arizona, avait changé de regard sur la question indienne. Marqué par sa campagne contre les Sioux, où il avait admiré le courage et la dignité de ces peuples à l'agonie livrant leurs derniers combats, il avait eu le courage de s'opposer à l'état-major et à Washington lors de l'injuste traitement infligé au chef Standing Bear, mettant ainsi sa carrière en péril. Pendant l'année écoulée à San Carlos, il s'était efforcé de remettre de l'ordre dans la réserve pour la rendre vivable, dénonçant les fraudes, vols, et abus de l'administration... Il en était arrivé à comprendre la révolte des rebelles, ce qui ne l'empêchait pas de les combattre avec la plus franche fermeté. Pour neutraliser les rebelles, il fallait aller les chercher de l'autre côté de la frontière, dans leurs nombreux repaires de la Sierra Madre. Ce qu'il venait de faire.

Au petit matin, Geronimo découvrait dans ses jumelles des sacs de farine accrochés à des poteaux par les femmes en guise de drapeaux blancs autour de la rancheria. Quelques guerriers, plus d'une centaine de femmes et autant d'enfants circulaient librement au milieu des éclaireurs et des soldats du général Crook – cinquante vétérans du 6e régiment de cavalerie placés sous le commandement du capitaine Crawford, assistés de deux cents scouts-apaches (white mountains et mohaves) commandés par Al Sieber. La présence de Tsoe, un déserteur du clan rebelle pendant l'expédition de Chato en Arizona, prouvait que la découverte du repaire des Chiricahuas n'était pas le fruit du hasard.

Des femmes demandèrent à plusieurs reprises aux guerriers embusqués sur les hauteurs de ne pas attaquer. En deux jours la plupart d'entre eux, dont Chihuahua, acceptèrent les offres de paix du général. Geronimo et les principaux chefs de bandes se tenaient toujours à l'écart.

La situation s'éternisait et les rations commençaient à s'épuiser. Le général Crook, qui se savait observé par les rebelles, paria sur le respect qu'ont les Apaches pour le courage individuel et s'éloigna, seul, loin de son camp pour chasser des oiseaux à la carabine. Quelques heures plus tard, dans un bois de cèdres, il se trouva encerclé par Naiche, Loco, Geronimo, Chato et Nana tombés des arbres.

Le dialogue pouvait commencer.

— Vous devez faire la paix, sinon vous allez tous mourir, affirma Crook d'entrée. Votre repaire n'est pas imprenable. L'armée mexicaine viendra aussi vous chercher.

— Nous n'avons rien à craindre des soldats mexicains, dit Geronimo. Courageux face à nos femmes et nos enfants, ils fuient devant nos guerriers. Nous aimons la paix, mais pas n'importe laquelle. On nous a maltraités à San Carlos, alors nous sommes partis.

Sur ce point, Crook partageait l'avis de Geronimo. Il acquiesça sans faire de commentaires, ni de promesses inconsidérées.

— Si tu nous assures que les choses vont changer, continua Naiche, et que nous pourrons nous installer où bon nous semble sur la réserve et vivre dignement, alors nous pouvons réfléchir ensemble...

Discussions et conseils se poursuivirent à la rancheria. À la fin tous les rebelles acceptèrent de retourner à San Carlos. Le général Crook dut croire sur parole et accepter que Geronimo, Naiche, Chato, Mangus – le fils cadet de Mangas Coloradas – et Chihuahua prennent le temps de réunir leurs bandes et le bétail.

Le 1er juin 1883, escortés par le 6e régiment de cavalerie et les scouts, trois cent vingt-quatre Chiricahuas, dont seulement cinquante et un guerriers, s'engageaient sur les pistes de la frontière en prenant soin d'éviter les agglomérations mexicaines. Après trois semaines d'un paisible voyage, la colonne de « prisonniers » atteignit San Carlos où attendait une foule de curieux massée de part et d'autre de la piste. Rien dans l'allure des « prisonniers » n'indiquait un comportement de vaincus. Les Chiricahuas étaient craints, et souvent haïs, par beaucoup d'Apaches résignés qui leur reprochaient leur trop grande détermination à refuser le monde des Blancs, une détermination dont ils payaient aussi les frais.

En juillet, dans un rapport à l'état-major – inquiet de savoir tant de guerriers toujours dans la nature –, le général Crook justifia le retard des anciens « rebelles » en arguant de la relation singulière que les Indiens entretiennent avec le temps. Naiche et sa bande arrivèrent à la fin du mois d'octobre, Chihuahua et Mangus en novembre. Il fallut attendre le début du mois de février de l'année suivante pour que Chato se présente à la réserve.

L'absence de Geronimo préoccupait vivement les autorités militaires, d'autant que le bruit de ses frasques dans la Sierra Sahuaripa commençait à franchir la frontière. Enfin, le mois suivant, Geronimo fit une apparition remarquée à San Carlos, juché sur un étalon blanc, caracolant en compagnie de vingt-six guerriers et accompagné de soixante-dix femmes et enfants. Un troupeau de plus de quatre cents têtes et des mules chargées de diverses denrées complétaient le cortège. « Des cadeaux pour nos parents et nos amis », avait-il dit au lieutenant Davis venu à sa rencontre.

Tous les Chiricahuas de la Sierra Madre étaient rentrés à la réserve sur des chevaux ou des mules volés aux Mexicains, le général Crook, bon prince, avait fermé les yeux ; mais là, impossible d'ignorer un tel butin. Le bétail fut confisqué et vendu pour indemniser les propriétaires mexicains, ce qui rendit Geronimo furieux. Il ne comprenait pas qu'on puisse le déposséder d'un bien honnêtement volé... Une mentalité autre, fondée sur une tradition de nomade.

En avril 1884, les Chiricahuas se trouvaient réunis à San Carlos. Deux groupes manquaient : le clan de Juh, trop réduit pour représenter une menace, et celui de Pa-Gotzin-Kay, la tribu des Sans-Noms, qui vivait paisible et clandestine dans la sierra au sud de Basaranca.

Dans l'esprit de nombreux Apaches rebelles, le retour à San Carlos n'avait rien de définitif. Conscient de cette réalité, le général Crook obtint du bureau des Affaires indiennes que les bandes de la Sierra Madre soient transférées au nord de la réserve, loin des terres basses de la Gila, dans les White Mountains, une région boisée et giboyeuse. L'endroit s'appelait Turkey Creek, le Ruisseau de la Dinde. Le lieutenant Davis, avec comme interprète Mickey Free, veillait sur les anciens rebelles. Il vivait sous une tente dans une clairière, non loin de là. Commandée par le redoutable et sauvage Chato – nommé sergent pour l'occasion –, une compagnie de scouts recrutés parmi les Chiricahuas était chargée du maintien de l'ordre. L'ancien rebelle, compagnon de toutes les luttes, s'était pris d'amitié pour le lieutenant Davis et défendait une politique de collaboration active que Geronimo, Kaywaykla, Naiche et beaucoup d'autres considéraient avec méfiance, sinon hostilité.

L'été et l'automne se déroulèrent sans histoires au rythme d'un paisible temps apache, entre chasses, cueillettes de fruits sauvages et tannages de peaux. Une illusion de liberté, sans doute. Aux premiers froids, les bandes installèrent leurs campements dans la vallée de la White River. Fort Apache n'était pas loin, les contacts avec les soldats de la garnison ravivèrent inquiétude et méfiance des Indiens. Des rumeurs, propagées par des soldats, et colportées par Chato et Mickey Free, faisaient état de l'arrestation imminente des chefs chiricahuas, de Geronimo en particulier. Cela rendait les rapports compliqués et le climat malsain, avec de part et d'autre des montées de paranoïa de plus en plus fréquentes. Une année s'était à peine écoulée depuis le retour des rebelles à San Carlos.

L'interdiction de la fabrication et de la consommation de tiswin était vécue comme une insupportable brimade, d'autant que les Tuniques-Bleues, en bons soldats de garnison, usaient et abusaient de whisky pour combattre l'ennui. Un jour de mai 1885, le lieutenant Davis, responsable de l'emprisonnement d'un Apache coupable d'avoir incité ses compagnons à boire, refusa de le libérer, malgré les interventions courtoises de Chihuahua et de Mangus.

Le soir même les principaux chefs chiricahuas réunis en conseil se livrèrent à une monumentale beuverie et, au petit matin, ils se présentèrent devant la tente du lieutenant Davis. Les leaders chiricahuas, excepté Chato resté sagement avec les éclaireurs, s'accroupirent autour de l'officier pour parler. Mickey Free, placé derrière Davis, traduisait. Loco, calme et pondéré, annonça qu'il s'exprimait au nom du conseil. Chihuahua, encore ivre, ne lui laissa pas le temps de poursuivre et, gesticulant, vociféra :

— Nous avons dit oui pour la paix. Ça ne laisse pas aux Blancs le droit de se mêler de notre manière de vivre ! Nous ne sommes pas des enfants à qui on apprend comment traiter nos femmes. Vous n'avez pas à nous dire ce que nous devons boire ou manger ! Les Apaches ont tenu les promesses faites à Nantan Lupan au Mexique...

Le lieutenant Davis s'abritait derrière le règlement pour tenter, sans grande conviction, de justifier son comportement et les ordres qu'il était bien obligé d'exécuter. Quand le lieutenant aborda la question des femmes, la tension monta d'un cran du côté des Apaches. En cas d'infidélité, le mari pouvait couper l'extrémité du nez de sa femme. L'interdiction de cette pratique – exceptionnelle en vérité – devenait pour les Apaches un nœud symbolique de leur opposition au monde dit civilisé. Le vieux Nana se leva, de la colère dans le regard, et cracha quelques mots en apache avant de quitter la tente. Mickey Free traduisait.

— Dis au Nantan Enchau qu'il n'a pas à m'apprendre comment je dois traiter mes femmes ! Ce n'est qu'un gamin, et je tuais déjà des hommes avant qu'il soit né !

L'expression de violence et de haine contenue dans les yeux de Nana stupéfia et laissa sans voix le lieutenant Davis – Nantan Enchau, Chef-Épais ; les Apaches le nommaient ainsi à cause de sa corpulence – qui n'avait jamais pris en considération ce vieux chef perclus de rhumatismes.

— Tous, nous avons bu de la tiswin hier soir, reprit Chihuahua. Que vas-tu faire ?

Le lieutenant Davis, embarrassé, ne voyait pas où les Indiens voulaient en venir. Chihuahua, sur le ton de la menace, précisa :

— Tu vas nous mettre en prison, comme le veut ton règlement ? Nous, les chefs des Chiricahuas !

L'officier sentait que la situation pouvait glisser vers l'irrémédiable.

— Je ne peux pas décider seul... La question est trop grave. Je vais envoyer un télégramme au général Crook.

— On attendra la réponse de Nantan Lupan.

Les Apaches quittèrent la tente. Geronimo n'avait pas prononcé un mot. Le lieutenant Davis, conscient qu'il devait régler ce problème au plus vite, galopa jusqu'à Fort Apache et envoya un télégramme au général Crook en suivant, comme il se devait, la voie hiérarchique. Le télégramme arriva à l'agence centrale de San Carlos chez le capitaine Pierce, un officier peu expérimenté, qui, n'osant pas déranger le général pour cette broutille, réveilla un Al Sieber à l'esprit embrumé par une nuit trop arrosée. « Encore une histoire de tiswin. Rien de grave, Davis va régler ça tout seul... », grogna-t-il avant de se rendormir. Le capitaine Pierce classa le télégramme sans en informer le lieutenant Davis.

À Turkey Creek, le lieutenant Davis, de plus en plus embarrassé, s'impatientait tandis que les Chiricahuas, en alerte, attendaient. Des rumeurs contradictoires se répandaient, la tension montait. Le télégramme envoyé le vendredi matin se trouvait toujours sans réponse. Dans la nuit du samedi au dimanche, Naiche, Geronimo, Chihuahua, Mangus et Nana quittèrent la réserve en compagnie de trente guerriers, huit adolescents – dont Daklugie – et cent deux femmes et enfants. Pour convaincre Naiche et Chihuahua de les suivre, Geronimo et Mangus leur avaient affirmé que le lieutenant Davis et Chato avaient été assassinés et qu'il fallait s'attendre à des représailles. Geronimo ne savait pas que Perico et Chappo avaient raté leurs cibles.

En formation dispersée comme à l'accoutumée, les fugitifs progressèrent vers la frontière mexicaine en pillant et tuant, malgré les éclaireurs white mountains et les vingt escadrons de cavalerie lancés à leurs trousses.

Dix jours plus tard, les rebelles passaient la frontière, riches de cent cinquante chevaux volés ainsi que de trois chariots de ravitaillement et de munitions destinés à l'armée des États-Unis.

*

C'est la seconde journée de Geronimo à l'infirmerie de Fort Sill. Il attend l'arrivée de Roberto et Eva, ses enfants, avant de laisser la mort le prendre. Il ne sait pas que le lieutenant Purington n'a pas envoyé de télégramme mais une lettre. Négligence ou mesquinerie de l'administration ? Pour un Apache, ce sont là des fautes moins pardonnables qu'une exaction ou une violence assumée.

Geronimo ne reverra pas ses enfants.

Les visiteurs se succèdent, le vieux chef n'a plus la force de parler. Daklugie reste seul avec lui. La nuit tombe. La dernière. Daklugie revoit l'agonie de son père, mort dans les mêmes circonstances que Geronimo. À une différence près, Juh est mort en homme libre. Le passé revient... Mangus avait rejoint Juh à Casas Grandes, dans l'État de Chihuahua, avant son retour à San Carlos. Les deux bandes étaient venues troquer le produit de leurs raids au So-

195

nora, État voisin. De bonnes affaires pour tous, arrosées au mezcal. La bande nedni convoyait des mules chargées de marchandises sur la route de la sierra. Juh et ses deux jeunes fils, Delzhinne et Daklugie, alors âgé de douze ans, se tenaient à l'arrière de la colonne qui serpentait loin devant, à une dizaine de kilomètres. Comme ils descendaient la piste qui suit les méandres d'un affluent du rio Bavispe, la mule de Juh trébucha et glissa dans le torrent. Juh, assommé par la chute, gisait inerte dans l'eau glacée et peu profonde. Ses fils furent incapables de le ramener sur la berge tant il était lourd. Tandis que Daklugie lui maintenait la tête hors de l'eau, Delzhinne courut chercher de l'aide. Juh avait repris connaissance, son bras et sa poitrine le faisaient souffrir : « Mon fils, ne sois pas triste... Je suis content de mourir dans la Sierra Madre. »

Enfin, les guerriers arrivèrent. Ils le sortirent de l'eau pour l'installer sous un abri. Quelques heures plus tard, Juh entrait dans le Monde-des-Esprits.

— Tu penses tellement à ton père que cela m'a réveillé, j'aime quitter le sommeil de la sorte. Sais-tu que j'ai chanté quatre jours pour que tu puisses voir le jour ?

— Tous les Chiricahuas connaissent cette légende, mon oncle.

— Ce n'est pas une légende, seulement la

réalité... Ta mère était mourante, tu ne pouvais pas sortir de son ventre. Quand je suis arrivé, son esprit volait vers le Peuple-de-l'Ombre et l'Homme-Médecine préparait déjà la cérémonie de la mort. Je lui ai dit : « Ishton, ma sœur bien-aimée, tu vas vivre et nous donner un bel enfant... Je vais implorer mon Pouvoir. Courage, ma sœur. » Alors je suis monté au sommet de la montagne, à l'Est de la rancheria, et j'ai chanté. J'ai chanté quatre jours pour donner toutes mes forces à ta mère, pour que tu puisses vivre. Mon esprit était le sien, ma volonté était la sienne. Tu es né à l'aube du cinquième jour. On t'a appelé Daklugie : Celui-qui-est-sorti-de-force. Tu comprends pourquoi tu es plus qu'un fils... et dans mon cœur, toujours tu...

La fin de la phrase se perd dans un murmure inaudible, de la pudeur sans doute. Daklugie cherche une question anodine à lui poser pour chasser la gêne liée à ce trop-plein de tendresse.

— Mon oncle, pourquoi ne m'as-tu jamais autorisé à rester auprès de toi pendant les dernières années de guerre ?

Geronimo retrouve un sourire malin pour lui répondre :

— Pourquoi, tu n'as pas été heureux avec la bande de Mangus ?

— J'ai bientôt quarante ans, je peux entendre la vérité...

— Mangus était moins téméraire que moi, avec lui tu avais un peu plus de chance d'en sortir vivant... Je savais que tes deux frères tomberaient sous les balles mexicaines... Juh devait continuer à vivre, en toi...

*

Les bandes, dispersées dans la sierra, divisées en groupes à effectif de plus en plus réduit pour offrir moins de prise à l'ennemi, vivaient dans l'angoisse d'une offensive concertée américano-mexicaine. Dès le mois de juin 1885, soit un mois après la fuite de San Carlos, l'armée des États-Unis, assistée de plusieurs compagnies de scouts-apaches, déclencha une opération d'envergure de l'autre côté de la frontière. Un mois de marches épuisantes dans la Sierra Madre, sous des pluies torrentielles, pour un piètre résultat : quelques femmes et enfants repris aux rebelles. Après une brève accalmie, la pression des forces du général Crook s'intensifia. La colonne commandée par le capitaine Crawford ratissa le flanc ouest de la Sierra Madre, tandis que celle du capitaine Wirt Davis longea le versant est.

Cette campagne fut un calvaire pour les soldats et les éclaireurs perdus dans une nature hostile, loin de leurs bases arrière, écrasés par la chaleur et la peur d'un ennemi invisible. Ils finirent par localiser et investir les campements de Geronimo et de Chihuahua sans parvenir à tuer un seul guerrier, se contentant de la capture d'un bon tiers des femmes et des enfants, dont les deux épouses de Geronimo, Zi-Yeh et She-Ga, et celle de Perico. Il n'était pas dans le caractère de Geronimo de se laisser déposséder de la sorte ; un mois plus tard, il repassait la frontière, en compagnie de Perico et de trois autres guerriers, avec la ferme intention de récupérer sa plus jeune femme.

Contournant le sud de la réserve pour entrer à San Carlos par l'est, les cinq rebelles se retrouvèrent en début de soirée à proximité de Fort Apache où ils volèrent des chevaux avant d'obliger une femme white mountains à les conduire au campement où l'administration avait cantonné leurs familles. Arrivé sur place au milieu de la nuit, Geronimo récupéra She-Ga et sa fille. La femme de Perico restait introuvable. Pressés par la police indienne en état d'alerte, ils enlevèrent Bi-Ya-Neta, une jeune femme qui se trouvait là, et se dispersèrent dans les monts Mogollon avant de rejoindre sans encombre leur rancheria en Sonora. Bi-Ya-Neta devint la femme de Perico, ils vécurent côte à côte la fin des guerres apaches, puis la captivité et enfin, à partir de 1913, les quelques années qui suivirent leur libération. Cinq enfants naquirent de cette union.

Durant tout l'automne de la même année, malgré une garde renforcée à la frontière, les rebelles ne cessèrent de narguer l'armée des États-Unis : raids, vols, incursions éclairs à San Carlos... Ceux de la réserve les appelaient les *Netdahes*. Ce mot apache, qui date de l'époque des conquistadores, signifie « mort aux envahisseurs ». Certaines confréries de guerriers, les plus radicales, prêtaient le « serment Netdahe », serment qui impliquait une lutte à mort excluant toute pitié et pouvant aller jusqu'à la cruauté. Quand l'armée américaine vint à occuper l'Apacheria, l'expression fut à nouveau utilisée. Victorio, Nana, Geronimo et les derniers rebelles avaient prêté le serment Netdahe.

Washington donna l'ordre d'employer tous les moyens pour détruire le repaire des rebelles au Mexique. Les autorités mexicaines leur assurèrent une active collaboration. Au début du mois de décembre, le capitaine Crawford et ses troupes, guidés par des éclaireurs chiricahuas, s'enfonçaient dans les profondeurs de la Sierra Madre par la Sonora, en suivant les défilés, les cañons et les vieilles pistes indiennes, s'approchant peu à peu de l'ancienne citadelle de Juh, un repaire jamais profané par l'Homme-Blanc. Dans les premiers jours de la nouvelle année, ils atteignirent les rives du rio Aros, à une centaine de kilomètres au sud de Nacori. Les traces d'une récente présence des rebelles se précisaient. Après une journée de repos, les éclaireurs s'activèrent dans toutes les directions et, le 9 janvier 1886 la rancheria des rebelles était localisée par les hommes de Tom Horn, le chef des éclaireurs. Une singulière figure de l'Ouest sauvage, que ce Tom Horn. Solitaire, courageux, sensible au sort des plus démunis, il était l'ami de Geronimo, ce qui ne l'empêcha pas de participer à la plupart des campagnes contre les rebelles. Accusé d'un meurtre qu'il n'avait pas commis, il fut pendu en 1902 à Cheyenne.

Tom Horn, de retour au camp, expliqua au capitaine Crawford que l'excellente base défensive des positions chiricahuas – perchée sur les hauteurs d'une falaise escarpée, cernée de cañons et de ravins – présentait trop de risques pour une opération en plein jour. Une attaque de nuit s'imposait. Les quatre compagnies du capitaine Crawford levèrent le camp dans l'instant pour une marche forcée de quinze heures dans la nuit et le froid. Aux premières lueurs de l'aube, les soldats, exténués, découvraient au loin les wickiups endormis dans la brume. Ils s'approchèrent dans le plus grand silence. Mais le braiment d'un âne, qui avait senti ou entendu les Américains, aussitôt repris par ses congénères, alerta les sentinelles sur le qui-vive qui ouvrirent le feu en se déployant en arc de cercle vers les hauteurs pour laisser aux femmes et aux enfants le temps de fuir dans le dédale de rochers en contrebas. Quelques minutes suffirent à l'évacuation de la rancheria, où, maintenant, les ânes, les mules et les chevaux affolés erraient entre les wickiups abandonnés et les panneaux de viande séchée. En fin d'après-midi, une femme apache agitant un tissu blanc informa le capitaine Crawford que Naiche et Geronimo souhaitaient tenir un conseil. L'officier accepta l'offre des rebelles et rendez-vous fut pris pour le lendemain matin au bord d'une rivière, loin en aval. Les soldats épuisés installèrent leur bivouac près de la rancheria désertée pour une nuit de repos bien mérité.

Le réveil allait être sanglant.

Dans l'épais brouillard du petit matin, une compagnie d'« Irréguliers » prit position autour du camp occupé par les hommes de Crawford. Ces mercenaires sans solde, rattachés à l'armée mexicaine, se payaient sur le butin pris aux vaincus. Peut-être pensaient-ils surprendre la bande de Geronimo ? Ou peut-être feignaient-ils de le croire ? Peu importe. Les nombreux chevaux et mules laissés par les Apaches représentaient un butin appréciable...

La première salve des Irréguliers blessa quatre éclaireurs. Les soldats américains ripostèrent, croyant à une attaque des rebelles.

— Halte au feu ! hurla le capitaine Crawford. Ce sont des soldats mexicains. Halte au feu !

Les armes se turent.

Pendant que le capitaine Crawford escaladait un imposant rocher, persuadé qu'à la vue de son uniforme les Mexicains seraient détrompés, Tom Horn et le lieutenant Maus, à couvert, tentaient de s'expliquer en espagnol.

Le monologue cessa, faute d'écho. L'officier, enfin perché sur son promontoire, agitait un mouchoir en guise de drapeau blanc en proclamant un « *Somos soldados americanos !* » à l'intention des Irréguliers muets et invisibles, à l'abri des rochers.

Les Chiricahuas, regroupés loin en amont sur un éperon rocheux, observaient la scène à la jumelle, attendant, amusés, la suite des événements. C'est alors que plusieurs détonations brisèrent le silence des montagnes ; le capitaine Crawford s'effondra, mortellement blessé ; l'écho du rire interminable de Geronimo ajouta de l'angoisse à la stupeur des soldats.

Le lieutenant Maus, commandant en second de l'expédition, donna l'ordre de riposter. Choqués et rendus furieux par la traîtrise des mercenaires, les éclaireurs de Tom Horn contre-attaquèrent avec vigueur. L'escouade ennemie fut rapidement mise en déroute dans un mouvement tournant, se soldant par la mort de tous les officiers mexicains, et d'une dizaine de leurs hommes.

Dans la journée, après diverses prises de contact par émissaires interposés, Geronimo, Naiche, Nana et Chihuahua acceptèrent de rencontrer le lieutenant Maus au bord de la rivière. Comme d'habitude, Geronimo se fit quelque peu attendre avant de prendre place dans le cercle. Glacial, il jaugea longuement l'officier avant de parler :

— Pourquoi es-tu venu dans nos montagnes ?

— Pour capturer ou détruire vos bandes, répondit le lieutenant Maus.

Cette franchise plut à Geronimo, il se leva pour serrer la main de l'officier.

— Je crois que je peux te faire confiance. Tu ne déformeras pas mes paroles quand tu parleras à Nantan Lupan.

Geronimo se justifia, présenta ses doléances, tout en expliquant que lui et les siens se tenaient prêts à discuter avec le général Crook des conditions de sa reddition.

— Dans deux lunes nous serons dans la Sierra de Los Embudos... Dis-le à Nantan Lupan.

— Pourquoi attendre deux mois ?

— À cause de toi nous n'avons ni vivres ni chevaux, répondit Geronimo dans un sourire malin. Il va bien falloir se débrouiller avec la générosité des Mexicains...

Geronimo avait laissé une dizaine d'Apaches – des femmes et des enfants ainsi que le vieux Nana – en guise d'« otages » sous la protection du lieutenant Maus. Il voulait ainsi montrer sa bonne foi et sûrement se débarrasser des éléments les moins robustes qui risquaient de l'encombrer pendant les deux lunes de raids et de pillages qu'il s'apprêtait à mener.

Deux mois plus tard, Apaches et Américains convergeaient vers le cañon de Los Embudos. Les rebelles installèrent leur campement dans un champ de lave, au sommet d'un promontoire conique dominant de profonds ravins ; une position imprenable sans risque de lourdes pertes. Le lieutenant Maus dressa le sien à moins de deux kilomètres de là, en bordure d'un arroyo. Venant de Fort Bowie, le général Crook – comme à son habitude monté sur une grande mule et vêtu d'une veste de toile non réglementaire – traversa la frontière par la vallée du rio San Bernardino. Composée d'un quarteron d'officiers, de Kaahteney (un Apache rebelle, libéré d'Alcatraz pour l'occasion) et de quelques civils dont C.S. Fly, un photographe de Tombstone, la petite troupe qui n'avait rien de martial arriva dans la matinée du 25 mars au campement du lieutenant Maus.

L'après-midi, aucun des leaders chiricahuas ne se montra et le général, irrité, dut se contenter du bavardage de quelques guerriers envoyés en reconnaissance. La véritable rencontre eut lieu le lendemain à l'ombre de sycomores et de cotonniers géants, sous la protection de vingt-quatre guerriers qui tenaient les points stratégiques. Le général Crook fut frappé par la bonne condition physique des rebelles et la qualité de leurs armements. Face à la délégation américaine, les rebelles semblaient tendus. Étaient présents : Geronimo, Naiche, Chihuahua, Nana et Cayetano. Mangus et son clan se trouvaient dans la Sierra Madre où ils vivaient paisiblement, sans trop se faire remarquer.

En préambule, une longue déclaration de Geronimo justifiant l'évasion de San Carlos. Il expliqua, entre autres griefs, qu'on cherchait à l'exécuter, lui et les principaux chefs chiricahuas. Bourke, l'aide de camp du général, notait chaque parole.

Pour finir, Geronimo se déclara prêt à faire une nouvelle fois confiance au général Crook, et à entendre ses propositions.

— Je veux que cette paix soit juste et légitime. Tant que je vivrai, je vivrai dans la dignité. Je sais que je dois mourir un jour, même si le ciel doit s'abattre sur moi, je veux faire ce qui est bien. Je pense être un homme juste, mais les journaux du monde entier disent que je suis mauvais. C'est faux. Je n'ai jamais fait de mal sans raison. Chaque jour, je me demande comment faire pour vous convaincre. Nous sommes tous les enfants d'un Dieu unique, il m'écoute. Le soleil, les ténèbres et le vent écoutent ce que nous sommes en train de dire. Maintenant nous pouvons parler ensemble.

Le général Crook revint sur la première partie du discours de Geronimo, réfutant la plupart des arguments sur l'existence d'un complot de l'administration contre les leaders apaches. Protestations véhémentes de l'Apache, contre-attaques de l'officier, le ton monte jusqu'à ce que le général Crook, exaspéré, frôle l'injure en traitant Geronimo de menteur.

— Si tu penses que je ne dis pas la vérité, alors je ne crois pas que tu sois venu ici de bonne foi, dit Geronimo.

Les consignes de Washington impliquaient une reddition sans conditions. Craignant un refus des rebelles, le général Crook nuança ses critiques au point de les taire et, tablant sur l'attachement des Apaches à leur famille, leur assura qu'après un emprisonnement de deux années en Floride les guerriers pourraient rejoindre les leurs à Turkey Creek.

— Nous avons assez parlé, dit Geronimo, plus que méfiant. Je te dirai ce que nous avons décidé... Demain ou plus tard.

Deux jours plus tard, les leaders vinrent, un

par un, accepter les conditions du général Crook. Geronimo n'avait pas réussi à les convaincre de ne pas se rendre, le désir de retrouver un peu de paix en famille avait été le plus fort. La mort dans l'âme, il fut le dernier à capituler.

— J'espère qu'un jour ma parole aura autant de valeur pour toi que la tienne en a pour moi. Autrefois, j'allais comme le vent. Maintenant, je me rends, c'est tout.

Dans le campement des Chiricahuas, le soulagement d'en avoir fini avec cette existence de bêtes traquées n'arrivait pas à atténuer la tristesse. Non pas une tristesse de guerriers vaincus au combat, mais un désespoir d'hommes et de femmes qui venaient de perdre, en plus, la liberté des générations à venir.

Le général Crook quitta l'expédition à l'aube pour se rendre à Fort Bowie et télégraphier son rapport au général Sheridan, laissant au lieutenant Maus la charge de convoyer ces redoutables « prisonniers » jusqu'à San Carlos.

En fin de matinée, le détachement du lieutenant Maus s'acheminait vers le nord en direction de la frontière. Les Apaches en armes le suivaient à leur rythme, de tortue, chaque bande derrière son chef. Conscient du risque d'une possible agression mexicaine, le général Crook avait accepté que les « prisonniers » ne soient pas désarmés. Arrivés à proximité de la frontière, le convoi s'installa pour la nuit en bordure du rio de Los Contrabandistas.

Les Chiricahuas, éparpillés comme à l'accoutumée, campaient à plusieurs centaines de mètres du détachement de l'armée. Ce fut une nuit et une journée de beuverie. Une orgie au mauvais whisky qui allait précipiter l'ensemble du peuple chiricahua dans un malheur encore plus profond. L'alcool venait d'un certain Tribolet, un marchand ambulant, trafiquant notoire, et « protégé » des deux côtés de la frontière. Geronimo et Naiche avaient souvent eu affaire à lui pour écouler le produit de leurs raids.

Le trafiquant n'était pas là par hasard. Lié à la « clique de Tucson » – une mafia de gros commerçants et d'éleveurs que la présence militaire dans la région enrichissait –, ce Tribolet affirma aux « prisonniers » que les principaux chefs seraient pendus dès qu'ils poseraient un pied sur le territoire américain. Le lendemain, les Indiens encore ivres traînèrent dans les campements, buvant tant et plus. La nuit suivante, sous une pluie battante, une petite bande d'une quarantaine de Chiricahuas reprenait la route de la sierra dans la plus grande discrétion.

Ce matin-là, deux clans familiaux n'allaient pas passer la frontière. Vingt hommes, quatorze femmes et six enfants : les proches de

Naiche et de Geronimo. Ils s'en allèrent à pied dans la montagne, n'emmenant que deux chevaux, une mule et un peu de viande séchée. Et des armes. Pour un dernier combat à livrer, perdu d'avance. Ils le savaient. Encore six mois à vivre en Apache.

*

Geronimo n'a plus envie de lutter.

Le lieutenant lui a parlé de la lettre en haussant les épaules, il sait qu'il ne reverra pas ses enfants. Il n'a jamais aimé ce militaire. Une longue nuit qui ne prendra pas fin, il est certain de ne pas voir le jour se lever. Daklugie aussi le sait.

— Tu te souviens de l'eau limpide des torrents de la Sierra Madre... comme elle était bonne... J'ai soif, Daklugie... donne-moi de cette eau des montagnes...

Daklugie prend la cruche sur la table, lui sert un verre d'eau, l'aide à boire.

— On m'a dit que, dans les villes des Blancs, on doit payer pour boire de l'eau, cela est-il vrai ?...

Daklugie acquiesce d'un mouvement de la tête.

— La terre, l'eau... bientôt, il va falloir payer pour l'air qu'on respire... Le monde des Blancs est très simple, il suffit d'avoir des dollars et on...

Une quinte de toux interrompt sa phrase.

— Cette eau croupie... mais j'ai encore soif...

Il boit avec avidité, renverse de l'eau sur sa chemise. Il remonte la couverture sur sa poitrine pour empêcher Daklugie de l'essuyer. Après un temps de silence, il recommence à parler en gardant les yeux fermés.

— Nous étions forts parce que nos femmes étaient fortes... Ton père prenait toujours conseil auprès de ta mère, même pour monter des raids de guerre. La sœur de Victorio était le plus intrépide des guerriers, tous la craignaient... Les femmes apaches ont la sagesse et la force en même temps. Elles sont la vie. Un jour, Chappo, mon fils bien-aimé, m'a demandé de lui raconter un grand fait d'armes... eh bien... je lui ai parlé de Huera, la femme de Mangus... Elle se trouvait avec Victorio quand il s'est fait tuer dans le massif des Tres Castillos...

Daklugie connaît bien l'histoire. Après la mort de son père, Huera et Mangus s'étaient occupés de lui et de ses frères et ils avaient vécu ensemble dans la Sierra Madre après leur évasion de San Carlos.

— Les survivants avaient été dispersés et vendus comme esclaves dans la région de

Mexico, très loin au sud... Huera et quatre autres femmes se sont retrouvées dans une hacienda où elles ont travaillé comme du bétail pendant trois ans avant de pouvoir s'évader. Avec seulement une couverture et un couteau chacune pour se défendre contre les Mexicains qui les traquaient et les bêtes sauvages dans des montagnes qu'elles ne connaissaient pas. Elles marchaient la nuit, se cachaient le jour. Elles ont ainsi parcouru à pied plus de mille six cents kilomètres pour retrouver leurs familles à San Carlos où nous nous trouvions alors... Ce sont des femmes comme ça qui font un peuple.

— C'est aussi un peuple comme le nôtre qui fait des femmes comme ça.

— C'est la même chose, petit, murmure Geronimo avant de s'assoupir...

*

Les Chiricahuas qui s'étaient rendus depuis l'évasion de Turkey Creek furent regroupés à Fort Bowie et déportés, sans attendre, en Floride. Le convoi arriva en gare de Fort Marion le 13 avril 1886. Se trouvaient là des proches des rebelles, dont la femme et trois enfants de Geronimo, ainsi que la mère de Naiche.

Le général Crook, qui n'avait pas supporté les sévères, et injustes, critiques du général Sheridan, avait donné sa démission. Le ministère de la Guerre nomma le brigadier général Nelson Appleton Miles pour le remplacer. Arriviste, efficace et « politique », ce n'était pas un soldat intègre. Le général Miles avait déjà, à l'instar de Custer, une réputation de tueur d'Indiens. Contre les Kiowas en débandade, il n'avait pas hésité à faire raser tous les villages, tuer les chevaux et détruire les réserves de nourriture. Il avait traqué Crazy Horse, les Cheyennes, les Nez-Percés et d'autres tribus des plaines... On lui devrait le dernier massacre des guerres indiennes, celui de Wounded Knee en 1890. Il commanderait également les troupes chargées de briser la grève des usines Pullman à Chicago, en 1894. Un homme globalement répugnant. Comme le général Miles se méfiait des Indiens en général et des Apaches en particulier, sa première mesure fut de dissoudre les compagnies de scouts-apaches et de mobiliser le quart de l'armée régulière des États-Unis pour tenter de venir à bout des dix-huit guerriers de Naiche et de Geronimo, ainsi que du minuscule clan du pacifique Mangus qui ne cherchait qu'à se faire oublier. Onze personnes faisaient partie de ce groupe : Mangus et sa femme Huera, deux guerriers et leurs femmes, ainsi que cinq enfants dont Daklugie alors âgé de seize ans. Ils se cachaient dans la Sierra Madre, refusant les affrontements avec les forces mexicaines et américaines.

Le quadrillage de la zone frontalière et l'installation de stations d'héliographe n'empêcheraient pas le passage des rebelles, un mois plus tard, en Arizona et au Nouveau-Mexique. Ils provoquèrent un vent de panique dans tout le Sud-Ouest et désolèrent la région comme à l'époque de Cochise et de Victorio. Par petits groupes de trois ou quatre guerriers, ils ravagèrent les ranchs de la vallée de la Santa Cruz, remontèrent sur San Carlos et Fort Apache pour narguer les militaires, tuant et volant armes et chevaux. Après une halte dans les monts Mimbres, les derniers rebelles retournèrent en Sonora sans avoir perdu un seul homme.

En juin, le général Miles lança une opération d'envergure au Mexique. L'expédition commandée par le capitaine Lawton et le lieutenant Wood s'épuisa à la recherche d'un ennemi insaisissable, perdant hommes et matériels dans des embuscades éclairs sans intercepter un seul rebelle. Les Mexicains, encouragés par la présence américaine, mobilisèrent trois mille hommes pour traquer les rebelles forcés de se déplacer en permanence.

Le général Miles, incapable de capturer la bande de Geronimo et de Naiche, décida de se retourner contre des « ennemis » à sa portée : les paisibles Chiricahuas de San Carlos qui depuis longtemps avaient accepté la médiocre paix de l'Homme-Blanc. Le général Miles avait besoin de ce « fait d'armes », afin de soigner son image de glorieux soldat. Dans le plus grand secret, il intrigua, parvenant à convaincre Washington de la nécessaire déportation dans le sud-est des États-Unis de « ces Indiens instables et débauchés dont les jeunes garçons, indolents et pervers, sont des guerriers en puissance ».

Bien évidemment, la chose n'avait pas été présentée en ces termes aux Chiricahuas de San Carlos. Il n'était question que d'un possible transfert dans une autre réserve (à choisir), où les conditions de vie seraient meilleures qu'au Ruisseau de la Dinde. Pour gagner du temps et convaincre les Chiricahuas de Fort Apache, qui se montraient réticents, le général Miles proposa à une délégation, menée par Chato et Loco, de se rendre dans l'Est pour discuter de la question au plus haut niveau. La délégation, accompagnée d'un officier, prit le train, pour aller se faire rouler dans la farine à Washington.

Sur le terrain, le capitaine Lawton se battait toujours contre des ombres sans obtenir le moindre résultat. L'état-major s'impatientait et ne comprenait pas qu'une vingtaine de guerriers tiennent en échec le quart de l'armée américaine. Voyant que la situation s'éternisait, le général Miles – sur les conseils de ses officiers – chargea le lieutenant Gatewood et deux scouts-apaches, Kayihtah et Martine, d'entrer en contact avec Naiche et Geronimo pour essayer de les persuader de se rendre. Kayihtah, le cousin d'un rebelle de la bande de Geronimo, et son bras droit Martine, ancien de la bande de Juh, avaient quelques chances d'approcher les rebelles sans risquer de se faire tirer à vue. Le lieutenant Gatewood, un soldat intègre, n'aimait pas les Apaches mais les respectait ; Geronimo n'en demandait pas plus.

Les trois hommes suivis d'une petite estafette prirent la route du Mexique à la fin du mois de juillet pour retrouver la colonne du capitaine Lawton dans la vallée du rio Aro. Après plusieurs semaines d'errance, de vaines recherches et de fausses alertes dans le sud de la Sonora, Gatewood fut informé que la bande de Geronimo avait été repérée aux environs de Fronteras, une ville mexicaine près de la frontière. La petite troupe de Gatewood leva le camp dans l'instant.

Épuisée par une marche forcée de quatre cents kilomètres sous la canicule, elle arriva à Fronteras au moment où deux femmes apaches regagnaient les montagnes avec trois mules chargées de vivres et de mezcal. Envoyées par Geronimo, elles étaient venues discuter avec les autorités locales d'une possible reddition des rebelles. Les Mexicains avaient fait mine d'accepter cette offre de paix pour attirer les Apaches en ville afin de les anéantir ; quant aux rebelles, ils n'avaient jamais envisagé de se rendre aux Mexicains, leur seul but étant de se procurer à moindres frais des vivres et du mezcal.

Kayihtah et Martine retrouvèrent les traces des deux femmes sur la piste du nord, lesquelles bifurquaient ensuite vers les montagnes du sud-est. Une traque de trois jours, qui les mena jusqu'à la vallée du rio Bavispe. Le lieutenant Gatewood, accompagné d'une escorte de six hommes, les suivait à distance. Les traces des deux femmes disparaissaient au pied des monts Torres, une montagne au relief contrasté et hostile où les rebelles sûrement se cachaient.

L'officier installa son bivouac dans les roseaux au bord de la rivière et au petit matin, après une nuit de repos, il regarda avec appréhension Kayihtah et Martine disparaître sur les hauteurs du massif escarpé, vers le repaire des rebelles.

Les deux hommes échappèrent de peu à la mort grâce à l'intervention de Yahnizha, le cousin de Kayihtah, qui s'opposa à Geronimo décidé à abattre sans sommation « ces deux traîtres ».

— Tous sont contre vous, dit Kayihtah. Les soldats viennent de partout pour vous tuer jusqu'au dernier, même si cela doit leur prendre cinquante ans. Frères, vous n'avez aucun ami dans ce monde...

Les rebelles, après avoir entendu les deux émissaires, tinrent un conseil à l'issue duquel il fut décidé que Kayihtah resterait en otage à la rancheria tandis que Martine préviendrait les soldats que Naiche et Geronimo se tenaient prêts à rencontrer le lieutenant Gatewood en amont de la rivière. Entre-temps, Tom Horn et les vingt éclaireurs du capitaine Lawton avaient rejoint le bivouac de Gatewood.

Le lendemain matin, Martine, le lieutenant Gatewood et son escorte, suivis des vingt scouts de Tom Horn se mirent en route. À mi-chemin, trois guerriers en armes vinrent à leur rencontre et exigèrent de l'officier qu'il renvoie au camp de base Tom Horn et son détachement de scouts-apaches. Les éclaireurs firent demi-tour à contrecœur, et le lieutenant Gatewood, seulement accompagné des six hommes de son escorte, se rendit au lieu de rendez-vous près de la rivière.

Les Apaches arrivèrent par petits groupes. Geronimo, le dernier à se présenter, dessella son cheval, posa son fusil sur la selle et vint serrer la main de l'officier.

Gatewood leur offrit du tabac et tous se roulèrent des cigarettes dans des feuilles de chêne. Le conseil pouvait commencer.

— Nous sommes venus entendre le message du général Miles, dit Geronimo.

— Il est simple : rendez-vous et vous irez rejoindre les vôtres en Floride. Sinon, battez-vous jusqu'à la mort.

Un lourd silence tomba.

— Je ne quitterai le sentier de la guerre que si nous retournons vivre à Fort Apache comme par le passé.

— Ce n'est pas possible... Le Président veut une capitulation sans conditions.

— Nous allons réfléchir.

Les guerriers s'isolèrent pendant une heure derrière un massif de roseaux, puis le conseil reprit. Après avoir longuement dévisagé Gatewood, Geronimo lui dit :

— Ramenez-nous à Fort Apache ou battez-vous.

Le lieutenant Gatewood et son escorte, entourés de guerriers en armes, se crurent perdus.

Naiche précisa :

— Quoi que tu décides, tu partiras d'ici vivant.

Gatewood, rassuré par le regard neutre de Geronimo, leur précisa alors que tous les Chiricahuas de la réserve avaient été envoyés en Floride. Gatewood ne savait pas que la déportation, sur le point de se faire, n'avait pas encore eu lieu. Cette nouvelle fut un choc terrible pour les rebelles, ils se levèrent pour aller en discuter à l'écart. Gatewood sentait qu'il pouvait gagner.

Le conseil reprit.

Geronimo posa alors de nombreuses questions sur le général Miles : son caractère, sa famille, son physique, sa carrière militaire... Toutes ces interrogations pouvaient se résumer à une seule : le général est-il un homme de bien, un guerrier brave et juste ? Leur destin allait dépendre de cet homme. Le lieutenant Gatewood éluda la question, évitant de mentir, sans pour autant dire la vérité, et garda pour lui le peu d'estime que lui inspirait la personne du général. Les Chiricahuas semblaient hésitants, comme désemparés. Naiche, l'air grave, dit :

— Nous allons parler cette nuit, après nous te dirons ce que nous avons décidé.

À la tombée de la nuit, le lieutenant Gatewood et son escorte rejoignirent le camp de base grossi par l'arrivée du capitaine Lawton et de son régiment.

La nuit fut longue et tourmentée pour les rebelles réunis en conseil permanent. Ébranlés par la déportation des Chiricahuas de San Carlos en Floride et conscients du caractère définitif de la décision qu'ils allaient prendre, ils voyaient leur esprit combatif brisé. Un accablement proche du désespoir. Geronimo restait le seul à résister. Chez les Apaches, la voix des leaders ne pèse pas plus que celle des autres guerriers, la parole est libre, et les décisions sont prises en commun.

Perico, son « frère », fut le premier à renoncer :

— Ma femme et mes enfants sont prisonniers. Je les aime, je veux être avec eux. Je vais me rendre à Bay-Chen-Daysen[1].

Puis ce fut le tour de Fun, l'autre « frère », et d'Ahnandia, et d'autres encore... Tous décidèrent de baisser les armes.

Alors, Geronimo s'inclina :

— Continuer sans vous n'a plus de sens. Je vais déposer les armes. Mais, avant, nous devons encore parler avec le général Miles.

C'était le 25 août 1886.

Les rebelles, sur le qui-vive, prirent la piste du nord, vers la frontière, en compagnie du détachement du lieutenant Gatewood suivi par le régiment du capitaine Lawton, en formation d'arrière-garde, pour prévenir une possible attaque mexicaine. Le deuxième jour, deux cents fantassins de la garnison de Fronteras tentaient de bloquer le convoi, exigeant qu'on leur livre Geronimo et Naiche.

La fermeté du refus américain impressionna les Mexicains qui exigèrent néanmoins que Ge-

1. Bay-Chen-Daysen : Long-Nez en apache. Nom donné à Gatewood.

ronimo leur soit présenté. Le capitaine Lawton accéda à leur requête afin d'éviter un affrontement militaire et l'inévitable fuite des rebelles qui en résulterait.

Quelques heures plus tard, les délégations américaine et mexicaine, chacune forte de sept hommes, en étaient aux salutations d'usage quand Geronimo surgit des broussailles. Sur les hauteurs apparurent Naiche et des cavaliers chiricahuas.

— Pourquoi ne vous êtes-vous pas rendus à Fronteras comme convenu ? demanda l'officier mexicain.

— Pour nous faire tuer comme du bétail ? cracha Geronimo en espagnol.

— Allez-vous vous rendre aux Américains ?

— Oui. À eux, je peux faire confiance.

— Je vous accompagne jusqu'à Fort Bowie pour m'en assurer.

— Non. Je n'ai rien à faire avec toi et tes soldats.

Face à la détermination de Geronimo, appuyée par celle des officiers américains qui ne pouvaient accepter le ridicule d'une escorte étrangère, les Mexicains se retirèrent, en laissant un homme comme observateur.

Le lendemain soir, les soldats et les Apaches campèrent dans le cañon Guadalupe, de l'autre côté de la frontière, non loin de l'endroit où l'année précédente quelques hommes du capitaine Lawton avaient péri dans une embuscade. Le lieutenant Gatewood eut beaucoup de mal à calmer l'ardeur des jeunes officiers qui voulaient venger leurs morts.

Le 28 août, la troupe américano-apache arriva en ordre dispersé au cañon Skeleton, lieu fixé pour la conférence.

Personne ne les y attendait.

Paniqué à l'idée d'une possible fuite des rebelles et du burlesque qui en résulterait, le général Miles envoyait à son subalterne message sur message pour s'assurer du maximum de garanties, allant jusqu'à proposer à mots couverts des exécutions sommaires : « Vous pouvez les attirer dans votre camp pour qu'ils viennent prendre connaissance d'un message du Président, les désarmer et les arrêter *ou faire ce que vous jugerez utile*. Vous êtes autorisé à utiliser n'importe quel moyen. »

Les rebelles, imaginant le pire, commençaient à s'impatienter. Enfin, après six jours d'attente, les guetteurs apaches aperçurent dans le couchant une petite troupe en uniforme de parade à l'entrée du cañon Skeleton. La délégation conduite par le général Miles était enfin arrivée. Il avait pris soin de se couvrir en envoyant un télégramme à ses supérieurs : « Les "Hostiles" sont toujours dans les montagnes où ils échappent au contrôle de nos troupes. Je n'attends aucun résultat favorable. »

Venant de son campement, haut dans la montagne, par un sentier abrupt, Geronimo, monté sur un cheval noir avec balzanes, s'avança jusqu'au centre du camp, seul et sans armes. Il mit pied à terre quand le général Miles sortit de sa tente entouré de ses officiers, et le salua en lui serrant la main.

— Je suis votre ami, dit le général par interprète interposé.

— J'ai manqué d'amis ces derniers temps... Pourquoi n'étais-tu pas avec moi?

L'humour, la détermination, l'intelligence et la force qui se dégageaient de Geronimo impressionnèrent vivement le général Miles. Ce qui ne l'empêcha nullement de lui mentir en promettant une réserve de rêve pour les Chiricahuas. L'absence de Naiche, l'autre chef historique, n'avait rien de diplomatique. Il portait le deuil de Zhone, son beau-frère, abattu par des soldats mexicains pendant qu'il cherchait sur la piste de la frontière les traces de son cheval préféré.

— Déposez les armes et dans cinq jours vous retrouverez vos familles en Floride. Vous serez sous la protection du gouvernement des États-Unis. On vous donnera des maisons, du bétail, des chevaux et des outils pour cultiver la terre. Les forêts, les rivières et les terres seront là en abondance...

— J'ai du mal à te croire, dit Geronimo

avec humeur. Les officiers parlent toujours comme cela aux Indiens. Pour moi, ce ne sont que des histoires.

— Cette fois, c'est la vérité. Je parle au nom du Président.

Le général Miles dessina sur le sable les contours du sud des États-Unis ; il plaça un caillou sur Fort Bowie, un autre sur Fort Apache et un troisième en Floride.

— Là est Geronimo, là Fort Apache... et là se trouvent Chihuahua et sa bande, en Floride.

Puis il prit les deux premiers cailloux et les déposa en Floride, à côté de celui qui désignait Chihuahua.

— Voilà ce que veut faire le Président : réunir tous les Chiricahuas. Tout ce que vous avez fait sera effacé et oublié. Pour vous une nouvelle vie commence...

Le lendemain matin, 4 septembre 1886, une cérémonie solennelle officialisait la reddition.

— Maintenant, je quitte le sentier de la guerre, dit Geronimo. Désormais, je veux vivre en paix.

Le capitaine Lawton fit étendre une couverture sur le sol, et, sur celle-ci, poser une lourde pierre. Guerriers et soldats se tenaient, face à face, de part et d'autre tandis que le général Miles, Naiche et Geronimo occupaient le centre, autour de la pierre. Les trois hommes levèrent les bras au ciel et firent le serment de ne jamais intriguer et de ne jamais porter atteinte aux intérêts des deux parties.

Le traité devait durer jusqu'à ce que la pierre devienne poussière. Au loin, les monts Chiricahuas regardaient ses enfants toucher la plume de l'exil.

Le 8 septembre 1886, les anciens rebelles se trouvaient réunis à Fort Bowie. La veille de leur départ pour la Floride, trois guerriers accompagnés de trois femmes et d'un jeune garçon s'évanouirent dans la nuit pour rejoindre la Sierra Madre.

Le 9 septembre, en début d'après-midi, la bande de Naiche et de Geronimo était embarquée sous bonne garde dans un train de la *Southern Pacific Railway*, en direction de la Floride. Les éclaireurs, Kayihtah et Martine, soldats volontaires de l'armée des États-Unis, faisaient partie du convoi des « prisonniers de guerre ». Car telle était leur nouvelle appellation.

Aucun ne devait revoir l'Arizona.

Voici leurs noms :

Geronimo, cinquante-sept ans, et sa femme She-Ga, trente-cinq ans.

Naiche, trente-quatre ans, et sa femme Ha-O-Zinne, dix-huit ans.

Perico, trente-sept ans, cousin germain de Geronimo, et sa femme Bi-Ya-Neta, vingt-huit ans.

Fun, vingt-deux ans, demi-frère de Perico et cousin de Geronimo, et sa femme âgée de dix-neuf ans.

Ahnandia, vingt-six ans, et sa femme Tah-Das-Te.

Nah-Bay, quarante-cinq ans, sa femme, trente-cinq ans, et leur fille de deux ans.

Yahnozha, trente-deux ans, beau-frère de Geronimo, et sa femme, vingt ans.

Tissnolthtos, vingt-deux ans, et sa femme, seize ans.

Beshe, quarante-cinq ans, et sa femme U-Go-Hum, trente-cinq ans. La femme de Naiche était leur fille.

Chappo, vingt-deux ans, fils de Geronimo, sa femme, Nohchlon, dix-sept ans, et leur fille de un mois.

La-Zi-Yah, quarante-six ans, et sa femme, trente-sept ans.

Moh-Tsos, trente-cinq ans ; sa femme et ses enfants se trouvaient en Floride.

Kilthdigai, trente-cinq ans, célibataire.

Zhonne, vingt ans, célibataire, fils de U-Go-Hun.

Hunlona, dix-neuf ans, célibataire, cousin de Ha-O-Zinne.

Skayocarne et Gardith, dix ans ; Estchinaein-tonyah, sept ans ; Leanni, six ans.

Arrivés en Floride, les hommes furent emprisonnés à Fort Pickens dans l'île de Santa Rosa tandis que les femmes et les enfants rejoignaient à Fort Marion, à cinq cents kilomètres de là, les Apaches qui s'étaient rendus au général Crook en mars.

Les derniers rebelles allaient rester deux ans à Fort Pickens avant d'être transférés à Mount Vermon Barracks, en Alabama, où ils retrouvèrent les autres Chiricahuas le 13 mai 1888. La tribu resta en Alabama jusqu'en octobre 1894, avant d'être accueillie à Fort Sill (Oklahoma). Tous, hommes, femmes, enfants, avaient le statut de prisonnier de guerre. Ce statut dura jusqu'en 1913.

Le général Miles jubilait, il avait vaincu les redoutables Apaches et le faisait savoir à tout le pays. À peine avait-il chargé les rebelles dans le train à destination de la Floride qu'il filait à Fort Apache superviser la déportation des Chiricahuas – les non-rebelles – installés à Turkey Creek, dans le nord de la réserve.

Dans la matinée du 7 septembre, le lieutenant-colonel Wade rassembla hommes, femmes et enfants sous le prétexte d'une distribution de rations. Après les avoir désarmés, les soldats les entassèrent dans de lourds chariots ; les quarante éclaireurs chiricahuas qui avaient loyalement servi dans l'armée des États-Unis ne furent pas oubliés. Les chariots s'ébranlèrent vers le nord, un pénible voyage de six jours qui les amena à la gare de Holbrook, où ils furent embarqués de force dans des wagons dont on verrouilla portes et fenêtres pendant le trajet. Ils arrivèrent à Fort Marion après huit jours de cauchemar, hébétés, désemparés. Ils étaient trois cent quatre-vingt et un. Du sang chiricahua coulait dans les veines de ces paisibles cultivateurs ; pour Washington, cela était suffisant pour en faire de dangereux prisonniers de guerre à déporter. La délégation conduite par Chato et Loco fut également arrêtée et conduite à Fort Marion.

La bande de Mangus vivait encore dans la Sierra Madre, essayant de se faire oublier des autorités mexicaine et américaine. Depuis leur fuite, après la grandiose beuverie au bord du rio de Los Contrabandistas, ils n'avaient pas lancé de raid ni volé le moindre animal. Ils chassaient à l'arc afin de ne pas se faire repérer en évitant tout ce qui portait uniforme. Comme la bande remontait vers le Nouveau-Mexique, Daklugie et Frank – alors enfants – n'avaient pas résisté à l'attrait d'un magnifique troupeau de mules et l'avaient volé, comme au bon vieux temps. L'armée fut prévenue et le général Miles dépêcha des troupes dans la région. Mangus préféra se rendre et ne pas risquer la vie des siens[1]. Mangus et Goso retrouvèrent Naiche et Geronimo à Fort Pickens, les femmes et les enfants furent dirigés sur Fort Marion.

Le désespoir, la tuberculose et le climat humide de la Floride allaient faire des ravages chez ce peuple des montagnes. Près du quart des Chiricahuas devaient mourir durant les huit années passées en Floride et en Alabama.

Le général Miles n'avait pas menti, tous les Chiricahuas étaient regroupés en Floride. Comme prisonniers de guerre. Pour vingt-sept ans.

La paix régnait en Apacheria.

*

Ils sont nombreux à attendre dans le froid, devant le bâtiment de l'infirmerie de Fort Sill, une nuit de l'hiver.

Geronimo n'a plus la force de parler, s'efforce de maintenir ses yeux ouverts, regarder la mort en face, le dernier ennemi. Un ennemi moins cruel que beaucoup d'autres. Son peuple toujours prisonnier de guerre après vingt-trois ans de captivité, c'est cela la vraie cruauté. En Apacheria, il n'y avait pas de prison, les Apaches

---

1. La bande était composée de Mangus, Goso, Fit-A-Hat (un vieil homme qui mourut pendant son transfert), trois femmes et cinq enfants.

tuaient les ennemis ou bien les épargnaient ; il leur arrivait de les adopter et d'en faire des Apaches, comme eux : pas des Indiens de seconde catégorie. Dji-Li-Kine, un des beaux-pères de Geronimo, était un Blanc, capturé et élevé par les Apaches white mountains. Marié avec une Nedni de la bande de Juh, il était devenu un guerrier estimé et écouté. Jamais les Chiricahuas n'auraient gardé un homme prisonnier. Ce sont là des mœurs d'esclaves...

Une violente douleur aux poumons le fait gémir, mais il veut ignorer la souffrance du corps. Il n'a plus de temps à perdre avec ces choses-là... La douleur chiricahua reste. Elle est d'une autre nature, elle vient de la séparation.

Les chuchotements, dehors, viennent jusqu'à lui. Le vieux chef tend l'oreille. Ses sens n'ont jamais cessé d'être en alerte, sur le sentier de la guerre ; la guerre a pris un autre visage, voilà tout.

Geronimo aime entendre la voix de Daklugie. Après, le silence des ténèbres viendra. Il veut entendre la voix du fils de Juh lui parler d'hier. Alors Daklugie lui raconte encore une fois la légende de la Femme-Peinte-en-Blanc et d'Enfant-de-l'Eau. Lui parle des déserts et des montagnes, de l'eau, du vent et des chevaux... Mahko, Mangas Coloradas, Cochise, Victorio reviennent...

Les heures de la nuit passent, épuisent le

temps. Dans les yeux du vieux guerrier la vie s'éloigne ; ses lèvres bougent. Daklugie se penche pour saisir les paroles du vieil homme.

— Une chose me donne du regret, mon fils... De ne pas être mort au combat... J'ai honte de cela, pas du sang que j'ai sur les mains. Même celui des innocents...

Azul, la femme de Geronimo, et Eugène Chihuahua sont entrés dans la chambre, ils se tiennent au pied du lit. Geronimo tend une main qui tremble. Daklugie la prend, la serre.

— Mon fils, j'ai fait un rêve terrible au bord de la rivière... une vision qui parle de demain... Demain, dans de nombreuses lunes... J'ai vu un monde où l'Indien sera Blanc, ou l'homme Noir sera Blanc, ou l'homme Jaune sera Blanc... J'ai vu ce monde, Daklugie... J'ai vu les rivières et les forêts et les montagnes et l'herbe et la terre, salies et défigurées... J'ai vu des enfants qui ne reconnaissent plus leurs parents, des hommes et des femmes qui ne savent pas qui ils sont... Dans ce monde, les grizzlys, les couguars, les loups et beaucoup d'autres animaux sauvages ont disparu ou sont mis en cage... J'ai vu ce monde, mon fils... Je n'en veux pas...

Geronimo a crié sa dernière phrase.

De longues minutes de silence suivent et la voix revient, de l'intérieur, pour un dernier chant. Seul Daklugie peut l'entendre.

« Ma mère, celle qui m'a appris les légendes

de notre peuple, me parlait du soleil et du ciel, de la lune et des étoiles, des nuages et des orages... le cañon No-Doyohn près de la source de la Gila... C'est là que je suis né... Oui... je vois la ligne déchirée de la Montagne Bleue qui se découpe dans l'aube naissante là-bas... bien avant les monts Burro. Et plus à l'Est, je vois les monts Mimbres couverts de pins et de feuillages, et loin derrière les neiges éternelles des Mogollon... Je suis un aigle... je vole là où le soleil se couche et je passe entre les Dos Cabezas, contourne Dzil-Nchaa-Si-An et plonge à l'Ouest caresser les Montagnes Blanches... et je reviens glisser vers le Sud au-dessus du désert de Sonora avec sa multitude de saguaros en fleur, ses massifs de sauge, ses buissons de mesquite... J'aperçois loin à l'Est les monts Chiricahuas qui m'appellent... non, trop de soldats me cherchent, je continue vers le Sud me perdre dans la Sierra Madre, je longe la vallée du San Bernardino, je sens la fatigue durcir mes muscles, je vais me reposer au fond du cañon de Naco-Zari... Et je reprends mon vol, je monte, je monte jusqu'aux sources du rio Yaqui, là où nous étions heureux... Je vois ma sœur Ishton, Juh ne doit pas être très loin... »

— J'ai froid, mon fils...

*

233

Geronimo est mort le 17 février 1909, à six heures cinq du matin.

Daklugie, Celui-qui-est-sorti-de-force, n'a pas lâché la main de Goyahkla.

Le soleil d'hiver ne s'était pas encore levé sur les plaines d'Oklahoma, la nuit était noire en Apacheria.

DU MÊME AUTEUR